RÊVES SCIENTIFIQUES

Dans la même collection :
Dire l'amour, 10 nouvelles
sur le sentiment amoureux, 2019

ISBN 979-10-352-0225-5

Illustration de couverture : Cruschiform
Conception graphique couverture : Florie Briand
Maquette intérieure : Amandine Chambosse

Loi n°49-956 du 16 juillet 1949 sur les publications destinées à la jeunesse

RÊVES SCIENTIFIQUES

8 nouvelles de science-fiction

Jeanne Benameur • Jean-Noël Blanc
Patrice Favaro • Gudule • Johan Héliot
Colin Thibert

EDITIONS THIERRY MAGNIER

RIEN À CACHER

Patrice Favaro

Juste en bas de chez moi, le George O' était bondé, comme toujours à l'heure de l'apéro : des employés de bureau du quartier qui avaient fini leur journée, quelques piliers de comptoir déjà bien imbibés et des étudiants fauchés, tout comme moi, qui fréquentaient l'endroit rapport aux prix *low cost* pratiqués par George, le patron.

Mon portable qui sonne. Numéro masqué.

– Allô, vous êtes bien Ramzi Altantakra ?

Une femme avec un accent des pays du Nord. Forcément, j'ai aussitôt imaginé une *BNB* : *Blonde Nordic Beauty.* Ce genre de cliché a la vie dure, surtout chez quelqu'un comme moi.

La voix a répété :

– Vous êtes bien Ramzi Alkantara ?

Cette fois, elle avait prononcé mon nom sans l'écorcher, sur un ton qui m'a encore plus troublé.

– Euh… oui, c'est moi, oui.

– Je m'appelle Natacha Spindelvev, je travaille pour l'IRSOT.

Ça blaguait pas mal autour du comptoir, j'avais du mal à comprendre ce qu'elle disait, je lui ai demandé :

– Vous travaillez pour qui ?

– L'Institut de recherche pour la sécurité opérationnelle des transports, à la Défense.

J'ai poussé un soupir de déception : démarchage téléphonique. La plaie ! Elle allait essayer de me fourguer un truc dans le genre « *accessoire révolutionnaire pour éviter les vols à la tire dans les transports en commun* » ou bien « *une super offre à prix cassé pour une assurance voyage avec rapatriement médical et frais d'obsèques inclus* ».

– Ne vous fatiguez pas ! Le quartier de la Défense : la ficelle est trop grosse. Votre centre d'appels se trouve à Marrakech, Bangalore ou Bucarest, pas vrai ?

– Vous faites erreur : il s'agit du ministère, pas du quartier.

J'ai accusé le coup et me suis mis à imaginer désespérément ce que le ministère de la Défense pouvait bien me vouloir.

La fille a continué :

– Vous avez emprunté le métro ce matin à 8 h 45, ligne 13, station Pernety. Avec un retour ce soir, même station, à 17 h 53, n'est-ce pas ?

C'était bien le cas. Je m'étais rendu comme d'habitude à la fac, mais je ne voyais pas pourquoi elle me questionnait là-dessus.

Au comptoir, le ton était monté d'un cran, quelqu'un venait d'avoir la mauvaise idée d'amorcer une discussion sur les dernières contre-performances du PSG.

– Un moment, je cherche un endroit plus calme pour vous parler.

Je suis sorti dans la rue. J'étais seul, il faisait un froid de loup. Aucun fumeur pour battre le pavé devant le George O'. Ils se tenaient à l'intérieur, le nez collé à la vitre embuée du bar, triturant nerveusement leur paquet de cigarettes en attendant une brusque et miraculeuse remontée de la température.

Une fois dehors, j'ai repris :

– Je suis sûr que mon abonnement est en règle.

Un rire cristallin à mon oreille.

– Oui, oui, pas de souci ! Détendez-vous, monsieur Alkantara.

Elle se foutait de moi.

– Il s'agit de tout autre chose. Nous vérifions simplement que le système de reconnaissance faciale de nos caméras est bien optimisé sur cette station.

J'étais étonné.

– De reconnaissance faciale ?

– Tout le réseau de transports francilien est équipé de caméras. Vous ne l'ignorez tout de même pas ?

– Il faudrait débarquer d'une île déserte pour ne pas le savoir.

Ces engins se comptaient par milliers dans les rues de Paris, les gares, les parkings, les magasins, les entrées d'immeuble, les ascenseurs…

– Grâce aux images qu'elles nous fournissent, nous sommes maintenant en mesure d'identifier un visage avec une fiabilité de 95 %. Une performance qui est supérieure aux capacités humaines.

J'ignorais où cette fille voulait en venir, cette conversation commençait à m'ennuyer. J'ai attaqué sur le mode déconnage.

– Vous savez donc à quoi je ressemble : super beau brun aux yeux de braise. C'est pour ça que vous m'appelez, vous n'avez pas pu résister à mon charme ?

Rien ne pouvait la faire dévier de son cap. Elle a continué ses explications barbantes comme si elle ne m'avait pas entendu.

– Ce que vous ignorez, monsieur Alkantara, c'est que la station Pernety, que vous empruntez régulièrement, est une station pilote sur laquelle nous expérimentons un nouveau système basé sur l'analyse du langage facial involontaire. Le décryptage des micro-expressions qui peuvent se lire sur un visage.

– Ah ? Ça sert à quoi ?

– Il faut employer le conditionnel pour le moment : ça pourrait servir à repérer des terroristes sur le point de commettre un attentat.

Un doute commençait à se glisser dans mon esprit : et si tout cela n'était qu'un canular monté par un de mes potes ? Peut-être même par un de ceux qui se trouvaient au comptoir du G.O'. Je ne reconnaissais pas la voix de cette fille, elle ne m'était pas familière, mais cela ne prouvait rien : on pouvait avoir eu recours à quelqu'un qui m'était absolument étranger afin de mieux me piéger.

J'ai répliqué :

– Un système pour détecter les terroristes ? Et vous en parlez au premier venu dont vous avez repéré par hasard la tête sur vos écrans de contrôle ?

La fille, toujours avec la même assurance :

– Il n'y a pas de hasard. Au contraire, nous vous avons sélectionné parmi des centaines de personnes.

J'en avais ma claque à présent.

– Arrêtez votre baratin !

– C'est très sérieux.

– Allez, salut ! La plaisanterie a assez duré.

– Un instant, s'il vous plaît, monsieur Alkantara. Ne retournez pas tout de suite à l'intérieur du George O'. Mieux vaut que vous restiez seul dehors, je sais qu'il gèle ce soir mais j'ai encore plusieurs choses confidentielles à vous apprendre.

– Quoi ? Vous savez au mètre près où je me trouve ? Vous m'avez localisé avec le GPS de mon téléphone ? Non, j'y suis, vous êtes en train de m'observer comme un animal de laboratoire !

J'ai jeté un regard autour de moi : j'étais certain que cette fille avait accès à l'une ou l'autre des caméras de surveillance qui se trouvaient dans le coin. Le thermomètre avait beau flirter avec le 0 °C, mon sang s'est quand même mis à bouillir.

– C'est quoi, ce putain de flicage ?

– Il n'y a pas de flicage, monsieur Alkantara ! Nous vous avons sélectionné parmi des centaines de personnes susceptibles de nous être utiles. Forcément, nous prenons des renseignements sur ceux que nous souhaitons associer à notre programme. Nous cherchons des volontaires qui ont exactement votre profil, mais vous êtes libre de refuser.

– Mon profil ?

– Utilisateur régulier de la station Pernety, autour de 20-22 ans, pas d'antécédent judiciaire, pas d'activité syndicale ni politique, étudiant. Master 1 Science et Génie de l'environnement…

Elle en savait beaucoup sur moi. Beaucoup trop pour ne pas m'inquiéter. Je l'ai interrompue avec mauvaise humeur :

– Il vous concerne en quoi, mon profil ?

Elle a continué sans se troubler le moins du monde :

– Sportif, un peu écolo, type méditerranéen…

J'ai laissé exploser ma colère :

– Nous y voilà ! Le type méditerranéen ! On ne peut pas mieux tomber pour un profil de terroriste, pas vrai ? Et comme je m'appelle Alkantara au lieu de Dupont ou Durand, l'affaire est bouclée ! Ça fait de moi un poseur de bombes en puissance !

– Si vous me permettiez au moins de vous expliquer…

– M'expliquer quoi ? Que même après la troisième ou quatrième génération, les gens qui ont des origines comme les miennes font toujours les meilleurs suspects en matière de terrorisme ?

Elle m'a répliqué sèchement :

– Ne me prenez pas pour une demeurée, monsieur Alkantara, je vaux un peu mieux que ça, tout comme le ministère pour lequel je travaille. Nous avons tiré les leçons de ce qui s'est passé ces dernières années. Nous savons que les réseaux terroristes recrutent dans tous les milieux et au sein de familles d'origines les plus variées. C'est la raison même pour laquelle il nous faut choisir des gens très différents pour notre protocole : des Méditerranéens, oui, mais aussi des Normands, des Provençaux, des Alsaciens, des Blacks, des Asiatiques, des blonds, des bruns, des roux, des gros, des maigres, des barbus, des chevelus, des crânes rasés, des frisés…

Elle était remontée à bloc. Après un court silence pour reprendre son souffle, elle a ajouté :

– Aucune discrimination de notre part. Bien au contraire : le principe est simple, nous avons besoin d'établir une base de données fiable, il ne faut pas qu'elle soit affectée par des différentiations dues aux caractéristiques physiques, aux origines sociales ou ethniques. Nous voulons disposer d'un échantillon le plus large possible de la population française.

Mon indignation est un peu retombée. Cette fille avait l'art de déminer une situation, elle venait habilement de désamorcer ma colère.

– Chaque fois que vous empruntez le métro, le réseau de caméras scanne votre visage et le modélise pour dessiner votre profil normal, avec vos traits habituels. Si par hasard les caméras détectent un changement de votre physionomie, ces micro-expressions involontaires dont je vous ai parlé, alors nous vous contactons par téléphone pour savoir quel est votre état d'esprit et quelle émotion a bien pu altérer vos traits. C'est tout. Nous espérons pouvoir établir ainsi une sorte de cartographie faciale des émotions, quel que soit le type de visage.

– Faites cette étude en labo, on trouve toujours des volontaires pour ce genre de choses.

– Nous y avons songé, monsieur Alkantara. Les spécialistes de la police britannique ont expérimenté un système analogue pour les gens entrant à Londres au volant de leur voiture. Ils ont mis au point leur outil en laboratoire. Pas fiable du tout. Ils n'ont pas tenu compte des facteurs extérieurs. Imaginez : ils en étaient arrivés à contrôler les conducteurs qui montraient un trouble émotionnel sur leur visage parce qu'on venait de leur faire une queue de poisson. Nous devons prendre en considération les variations dues à un environnement plus ou moins anxiogène comme l'est celui des transports. Un usager du métro « normalement » stressé doit pouvoir se distinguer d'un extrémiste cachant une bombe sous sa veste. Notre job n'est pas de traquer le gars qui vient juste de se faire plaquer par sa petite amie.

J'ai sourcillé : elle était au courant pour ça aussi ?

– Naturellement, si vous acceptez, vous serez rémunéré. Je sais que votre situation financière n'est pas des plus… des plus fastes, disons. Je me trompe ?

J'allais protester, elle ne m'en a pas laissé le temps. Elle a sorti son arme de persuasion massive : le poids, le choc des images.

– Je vous envoie quelque chose en MMS, ça devrait vous convaincre, et puis je reviens vers vous.

J'ai attendu, c'étaient des photos d'attentats : métro, trains de banlieue, autobus, avions de ligne… J'avais sur l'écran de mon téléphone des images insoutenables qu'aucun média n'a jamais osé montrer.

Après un long silence, elle m'a demandé :

– Vous n'avez pas tourné de l'œil, monsieur Alkantara. Tant mieux. Nous avons de bonnes raisons de penser que tout cela va continuer. Ça vous laisse indifférent ? Ça ne vaut pas le coup de s'engager quand on peut empêcher que des horreurs pareilles puissent se produire ?

J'étais troublé.

– Vu sous cet angle…

– J'étais sûre que vous comprendriez. Vous verrez, répondre à nos questions ne vous prendra pas beaucoup de temps et cela n'arrivera pas souvent.

– Vous avez peut-être raison. Après tout, quand on n'a rien à cacher, mais…

Elle ne m'a pas laissé finir. Sa voix est devenue extrêmement chaleureuse.

– Je suis très heureuse que vous ayez accepté. Vous allez recevoir un courrier avec un formulaire d'engagement concernant notre programme de recherche et son protocole pour les collaborateurs extérieurs. Il vous faudra aussi ratifier une clause de confidentialité, bien entendu…

Je l'ai interrompue à mon tour, j'avais envie que la conversation prenne une autre tournure.

– Et si vous me l'apportiez vous-même, ce formulaire ? Vous savez exactement où je me trouve, pas vrai ? À deux pas d'un endroit sympa où prendre un verre.

– Merci, non.

– Vraiment, Natacha ?

Je l'ai entendue sourire, ça peut paraître étrange, mais j'ai entendu qu'elle souriait. Je lui ai demandé pourquoi.

– Parce que, monsieur Alkantara, dans le cadre de mon travail, je n'ai pas l'habitude qu'on m'appelle par mon prénom.

– Ah bon ? Et comment fait-on alors ?

– On dit simplement « mon capitaine ».

Les semaines suivantes, rien de particulier ne s'est produit. Au début, chaque fois que je passais à la station Pernety, je ne pouvais m'empêcher de faire un petit salut de la main en passant devant les caméras, au cas où Natacha serait peut-être en train de me mater sur son écran de contrôle. Puis, j'ai commencé à m'habituer à l'idée que les traits de mon visage étaient minutieusement analysés. J'ai même fini par oublier le programme de l'IRSOT. Je me contentais de mettre le nez de temps à autre dans mon relevé de compte, la somme y était créditée avec une régularité d'horloge suisse.

Quelque temps plus tard, j'ai reçu un premier appel. Il était environ neuf heures du soir, je me trouvais à nouveau au George O'. Je ruminais une soirée complètement foirée. Par ma faute.

Une voix d'homme m'a demandé :

– Notre système a détecté une altération notable de vos traits quand vous êtes passé tout à l'heure à la station Pernety. Pouvez-vous nous en donner la raison ?

Comme j'hésitais à répondre :

– Monsieur Alkantara, je vous rappelle que vous vous êtes engagé à suivre scrupuleusement la procédure exposée sur le document que vous avez signé.

Ce gars-là n'était pas du genre à prendre le règlement à la rigolade. Aussi, j'ai rapidement répliqué :

– Je sais, je cherche à trouver les mots pour expliquer ce que j'ai ressenti.

Je me suis repassé en vitesse le fil de la soirée. Un resto du côté de Montparnasse avec Bilal, sa copine Romane et deux de leurs potes. Au bout d'un moment, stupidement, je me suis mis à parler du programme auquel je participais pour épater la galerie. Double erreur. D'une part, j'enfreignais le caractère confidentiel de l'opération et de l'autre…

Romane m'a lancé à la figure :

– Accepter de collaborer au flicage systématique des gens pour du fric, ça m'écœure.

J'ai répliqué :

– Quand on ne fait rien de mal, en quoi ça pose problème ? Ça permet d'empêcher des attentats. Tu préfères voir des innocents se faire pulvériser au nom de tes principes ? Le système détecte les différents types de tension qui peuvent se lire sur un visage. Point barre. Ce n'est pas dans mes pensées qu'on lit, alors en quoi ça nuit à ma liberté et à la tienne ?

– Avec ce genre de raisonnement débile, on finit par dire : c'est juste les numéros de téléphone que j'appelle qu'on enregistre… J'ai rien à cacher. C'est juste mes déplacements qu'on suit à la trace. Rien à cacher. C'est juste le contenu de mon compte en banque, de mes facturettes, de mon courrier, de mes mails qu'on consulte. Toujours rien à cacher… Au bout du compte, on saura tout sur toi, même les choses les plus intimes : tes goûts, tes pensées, tes préférences sexuelles et le reste. Il n'y a pas de meilleure méthode pour contrôler quelqu'un que de le mettre entièrement à poil. Et, toi, t'auras rien vu venir. Pire ! Tu te seras passé toi-même la chaîne autour du cou. Quant aux terroristes, tu crois qu'ils vont beaucoup traîner avant de trouver la parade ?

J'ai jeté un coup d'œil à Bilal et aux autres : ils avaient l'air d'être d'accord à 100 % avec Romane. J'en ai eu marre, je me suis levé et je me suis barré. Quand j'ai pris le métro, j'étais furibard. Surtout de m'être montré aussi con.

Le gars de l'IRSOT était toujours en ligne, attendant mes explications. Sans lui donner de détails sur la soirée, j'ai rapidement brossé à son intention l'état dans lequel je me trouvais. Ça tenait en deux mots : amertume et autoflagellation. Mon interlocuteur a eu l'air de se contenter de cette réponse laconique. Je lui ai posé à mon tour une question :

– Comment va Natacha ?

– Pardon ?

– C'est la personne qui m'a contacté. Elle a un nom difficile à prononcer. Elle est capitaine.

– On est nombreux ici, on ne se connaît pas tous. D'ailleurs, on ne peut pas dire que notre hiérarchie nous encourage spécialement à copiner.

Quelques semaines plus tard, un vendredi à l'heure du déjeuner, j'ai reçu un nouvel appel. Je n'étais pas d'humeur à livrer mes états d'âme. Je revenais d'un week-end chez mes parents avec une sale nouvelle dans mes bagages. Leur satané système avait bien entendu remarqué que je n'avais pas ma tête de tous les jours en sortant du métro. Comme le gars du ministère insistait lourdement et refusait que l'on voie ça le lendemain – ce n'était pas le même que la fois précédente –, je lui ai demandé s'il n'avait rien d'autre à foutre que de harceler les gens et j'ai raccroché.

J'en avais assez des gens de l'IRSOT. On allait certainement me couper les vivres, mais tant pis. Je m'étais débrouillé avant, je me débrouillerais après. Je me trompais.

Le jour suivant, j'ai reçu une convocation : recommandé avec AR. Obligation de me rendre dans leurs bureaux pour une entrevue, faute de quoi il me faudrait rembourser l'intégralité des sommes qui m'avaient été allouées. Tout cela était stipulé dans l'engagement que j'avais signé. Je ne savais plus où j'avais fourré ce foutu document, mais rien n'avait dû être laissé au hasard. Je n'avais pas le choix : il fallait que je m'exécute… Au moment même où ce mot me traversa l'esprit, j'éprouvai comme un frisson d'inquiétude, un mauvais pressentiment.

Le siège de l'Institut de recherche pour la sécurité opérationnelle des transports se trouvait dans une lointaine banlieue du nord de Paris. C'était une de ces constructions en verre et acier abritant des bureaux que rien de particulier ne semble distinguer des autres. Dès le hall d'entrée, je compris pourtant que je n'avais pas mis les pieds dans un endroit ordinaire. Deux militaires, dont un armé d'un FM, m'ont demandé tout d'abord de vider mes poches, d'enlever ma montre, ma ceinture et mes chaussures. Ils m'ont interrogé pour savoir si je n'étais pas appareillé sur le plan cardiaque et ils m'ont invité à passer sous un portique aux dimensions assez inhabituelles : il s'agissait d'un scanner corporel. Ensuite, après avoir récupéré mes effets personnels, j'ai présenté la convocation à un troisième militaire assis derrière le bureau d'accueil. Il a réclamé ma carte d'identité, l'a conservée et m'a remis à la place un badge à puce. On est ensuite venu me chercher. Ascenseur, longs couloirs, enfilades de bureaux. Je ne cessais de me retourner chaque fois que je croisais une jeune femme en uniforme avec le secret espoir que c'était Natacha. C'était idiot, je ne l'avais jamais vue et n'avais donc aucune chance de la reconnaître. Après avoir franchi une dernière porte, nous sommes arrivés dans une salle de taille modeste. Derrière un imposant bureau, un homme en civil, large et massif, la soixantaine, un air de baroudeur à la retraite, le cheveu encore dru et coupé en brosse, costume sombre avec un ruban vert et jaune accroché au revers. Le type en uniforme qui m'avait accompagné, sans dire un seul mot, s'est placé à sa droite. Le vieux m'a invité à m'asseoir, les présentations ont été vite expédiées et il est entré tout de suite dans le vif du sujet.

– Monsieur Alkantara, je ne vous cacherai pas que nous avons un petit problème en ce qui vous concerne.

Cet homme me faisait penser à un centaure : tout le haut de son corps était parfaitement immobile, taillé dans le marbre, visage impassible, les yeux fixes, les mains posées bien à plat. Mais je voyais que, sous le plateau du bureau, les jambes de ce type étaient animées d'un furieux mouvement de piétinement. Je me suis demandé avec inquiétude ce qui pouvait se passer si la partie supérieure se trouvait tout à coup contaminée par l'agitation de la partie inférieure.

– Lieutenant, veuillez donc exposer les faits.

Le militaire avait une voix froide et mécanique.

– Ce vendredi, suite à votre passage dans la station de métro qui vous est habituelle, notre logiciel a détecté chez vous un ensemble de micro-expressions qui nous interroge.

– Ah bon ?

– Nous avons pu établir une cartographie précise des émotions que dévoilent les signaux extrêmement rapides et fugaces que montre inconsciemment notre visage, par exemple les micro-démangeaisons que nous ressentons et qui nous obligent à porter la main à notre nez, notre bouche, nos oreilles, à l'arrière du crâne sans même que nous nous en rendions compte…

Je me suis demandé s'il allait me faire un cours entier là-dessus.

Je l'ai interrompu :

– C'est précisément l'objet de votre programme, non ? En quoi consiste le problème qui me concerne ?

– Ce vendredi, donc, les micro-signes perceptibles sur votre visage se sont révélés de même nature que ceux que nous avons pu constater chez des personnes qui nous intéressent au plus haut point. Un profil assez particulier : celui des kamikazes, les bombes humaines, en phase de préaction.

J'ai bondi comme si j'étais traversé par une décharge électrique.

– Non mais ça va pas ? C'est quoi, ce délire ? Votre logiciel déconne complètement. C'est absurde !

– Nous avons travaillé en parallèle avec une autre base de données, celle de tous les enregistrements qui ont été faits à travers le monde où l'on voit apparaître ce type de terroristes. Vous ne pouvez imaginer le nombre de vidéos où on les aperçoit quelques instants avant qu'ils ne commettent leurs attentats et même pendant. Ces psychopathes adorent passer à l'écran, ils sont fascinés par la célébrité, même à titre posthume.

Ça ressemblait de plus en plus à une histoire de fous. Il fallait que je trouve absolument des arguments pour ramener ces deux hommes à la raison.

– Il doit y avoir une explication. Votre truc n'est pas une science exacte. Je devais être dans un état émotif qui produit des signes similaires mais la cause est entièrement différente.

– Pourquoi alors refuser de répondre à notre enquêteur ?

C'était donc ça ! Je comprenais enfin l'erreur que j'avais commise. J'allais pouvoir dissiper rapidement ce fâcheux malentendu.

– Vous allez trouver ma réaction toute naturelle. Je venais d'apprendre que mon père sortait d'une série d'examens médicaux, les résultats n'étaient pas bons, très mauvais même. Mon père est à la retraite depuis seulement deux ans. Il ne va pas en profiter beaucoup, vous comprenez ? Alors, oui, ce jour-là, j'avais les boules.

Mes deux interlocuteurs ont échangé un rapide regard entre eux. Puis le type à l'allure de barbouze s'est éclairci la gorge avant de me dire :

– Monsieur Alkantara, nous comprenons. Mais la question qui nous intéresse est d'une autre nature. Nous voulons savoir ce qui vous est passé par la tête à ce moment-là puisque à l'évidence c'est aussi ce qui se passe dans la tête de quelqu'un qui s'apprête à se faire sauter au milieu de la foule. La nouvelle approche de nos services de sécurité est une approche prédictive.

J'ai senti une sueur froide couler dans mon dos. Romane avait eu mille fois raison : j'étais pris au piège et je m'y étais fourré moi-même.

– Mon père a marné toute sa vie dans une usine où l'on utilise des solvants et des vernis. Ceux qui y bossent ne font pas de vieux os à cause des saloperies qu'ils respirent, et cette boîte n'a jamais voulu reconnaître ses responsabilités. Oui, ce jour-là, j'étais révolté et j'en voulais à la terre entière. J'avais envie de tout foutre en l'air. Voilà ! Mais, je n'ai rien fait de mal.

Le plus vieux m'a répondu avec un air de tortionnaire qui s'apprête à achever sa victime :

– Ce n'est pas ce que les gens ont fait qui nous préoccupe, monsieur Alkantara. C'est ce qu'ils peuvent avoir l'intention de faire. L'intention. Celle qui se lisait sur votre visage à ce moment-là, nous en connaissons la nature : l'envie de tout foutre en l'air, comme vous dites. Vous n'êtes pas passé à l'acte, nous l'admettons bien volontiers, mais dans d'autres circonstances qui nous dit que vous ne le ferez pas ?

Désormais, je me contente de tuer le temps, de le tuer à petit feu. Toute la journée, je tourne en rond. Le George O' est l'épicentre de mes déambulations. Où que j'aille, je finis toujours par échouer au George O'. Mon refuge, le dernier endroit encore humain dans cette ville. Pas de caméra, ici. Le seul système de reconnaissance faciale qui a cours dans ces lieux, c'est le regard bienveillant que George porte sur les gens qui fréquentent son bistrot. Surtout sur ceux qui viennent y jeter l'ancre chaque jour comme moi faute d'avoir un autre port d'attache.

Désormais, je n'ai pas d'autre endroit où me rendre pour voir du monde, je suis en quarantaine. Une quarantaine qui a commencé au resto U : les bornes biométriques se sont mises à m'en refuser l'entrée. Ensuite est venu le tour des portiques de la fac : plus aucun cours ne m'était accessible. J'ai protesté auprès de l'administration, j'ai rempli un dossier de réclamation et fait appel à la Commission informatique et libertés. En vain. On a prétendu que mon dossier était bloqué quelque part. Personne n'a su me dire où ni pourquoi. Très vite, la même situation s'est répétée partout : je me suis fait refouler à l'entrée d'un bureau de poste, d'un supermarché, d'un fast-food, de ma banque, d'un ciné. Tout lieu public muni d'une caméra et d'un de ces foutus logiciels de reconnaissance faciale qui se répandent comme la peste m'est devenu interdit…

Une histoire à devenir fou.

Faute de savoir quoi faire de mes journées, je marche, je marche tout le temps, mais dans les seules limites de mon quartier : impossible d'obtenir un titre de transport aux billetteries automatiques. Métro, bus, train… tout ça n'est plus pour moi. Même si quelqu'un me refile un ticket, je me retrouve coincé devant le premier portillon de sécurité qui se présente. Ce n'est pas tout, il y a pire : depuis peu, les gens commencent à porter des lunettes connectées. Quand je passe dans le champ de vision de quelqu'un qui en a une paire sur le nez, mon visage est scanné et la personne reçoit aussitôt un message d'alerte : « danger, suspicion de tendances terroristes ». Résultat : je suis un pestiféré qu'on évite, devant lequel on s'empresse de changer de trottoir. Je me suis laissé pousser la barbe, c'était pire encore : avec mon teint mat et mon air sombre, on me prenait pour un barbu fanatique. Je me suis rasé, j'ai tondu mes cheveux, j'ai pris du poids… Rien n'y a fait, on ne trompe pas si facilement le programme mis au point par l'IRSOT avec mon aide et celle d'autres imbéciles dans mon genre.

J'aimerais me tirer et trouver un coin retiré, loin d'ici. À la campagne ou à la montagne peut-être, j'ai toujours rêvé de montagne. En me tenant à l'écart des grandes villes, j'aurais peut-être la chance de mener une vie normale, mais pour ça il faudrait que je décroche un boulot, que je gagne du fric. Seulement, voilà : quand ma tête apparaît dans un fichier d'offres d'emploi, plus un seul job n'est disponible pour moi. Alors, je vivote avec le minimum social qu'on accorde aux types de mon espèce pour qu'ils se tiennent tranquilles et que le système continue à tourner sans à-coups. Une sous-paie pour une survie. Voilà mon cauchemar quotidien. Un cauchemar que je me suis moi-même fabriqué, forgé, trempé. Rien à cacher ! Tu parles ! C'est ma gueule que j'aimerais pouvoir cacher. Tous mes malheurs viennent de là : une tache, une tache indélébile, une mauvaise expression sur mon visage…

Je suis accoudé à une table du George O'. Le patron va bientôt partir à la retraite. Il m'a dit qu'il est content d'être vieux, vu la tournure que prend le monde aujourd'hui. Quand cet endroit sera fermé, j'irai où pour parler avec quelqu'un ?

En attendant, je regarde passer les gens dans la rue. Parfois, je frémis devant la silhouette d'une femme qui pourrait être celle de Natacha. J'échafaude un scénario ou un autre pour me venger d'elle et de tous ces salauds de l'IRSOT. Un fantasme inutile, comme si une mouche pouvait se venger de la toile dans laquelle elle s'est elle-même empêtrée.

Alors, j'attends. Je n'ai rien d'autre à faire.

Là, à l'heure d'affluence, au beau milieu de tous ces gens indifférents à ce qui les entoure… l'œil vissé à l'écran de leur téléphone, de leur tablette, de leurs lunettes, de leurs montres connectées… j'attends que la rage qui me ronge en dedans soit devenue assez forte.

J'attends le bon moment pour exploser…

Comme une bombe HUMAINE.

UNE HISTOIRE DE PEAU

Jeanne Benameur

Au mur de la salle de bains, l'affiche. L'ovale parfait d'un visage de femme. Elle semble sortir de l'eau ; ses épaules sont encore humides, de ses cheveux relevés négligemment quelques mèches glissent sur son cou. Les doigts de sa main droite effleurent sa joue, font pénétrer dans une douce caresse la crème dont l'affiche vante les mérites. Un petit pot blanc et doré, en bas, à droite, un nom : Juventus.

Dans la grande glace de la salle de bains, deux visages côte à côte : un homme et une femme. Chaque matin, leur reflet dans le miroir, quelques secondes. Une habitude quotidienne. Il a quarante ans, elle un peu moins : ils sont beaux.

Sur l'affiche, qui doit dater des années quatre-vingt-dix, c'est la grand-mère de la femme qui pose. À cette époque, pour éviter les rides, on mettait des crèmes. Parfois même on se faisait tirer la peau – on disait « lifter » –, quelle barbarie ! Quand on pense qu'on devait en passer par là ! Et pour gagner quoi ? Quelques années ! Quelle misère ! Aujourd'hui on a beaucoup mieux. Et c'est à l'époux de la femme qui pose sur l'affiche qu'on le doit. Le créateur de la crème Juventus était tombé si fort amoureux du mannequin qu'il l'avait d'abord épousé avant de chercher jour et nuit à lui conserver sa beauté. Les crèmes n'y suffisaient pas. Il avait fini par trouver le remède miracle mais, hélas ! elle était déjà vieille et l'invention ne permettait pas de remonter le temps.

En attendant, la formidable découverte de cet amoureux fou permet aujourd'hui de traverser les années sans angoisse.

Chacun peut choisir son âge éternel. Il suffit pour cela d'une petite injection derrière l'oreille et on se « fixe » à l'apparence de ce jour-là pour toujours. Simple. À la portée de tous puisque reconnu d'utilité publique et… irréversible ! *Merci, docteur Juventus !*

Oh, bien sûr, il faut savoir choisir l'âge parfaitement. Certains sont plus beaux à trente ans qu'à vingt, mais des cours sont déjà diffusés dans les médias à ce sujet. On choisit l'âge selon la qualité de sa peau, la tonicité de ses muscles. Tout cela se teste sans problème.

Question plus épineuse : la profession. On ne peut pas accéder à certains postes si on s'est fixé trop jeune. Il faut bien réfléchir. Même si vos clients savent qu'en fait vous avez cinquante ans, ils n'y peuvent rien, leur confiance est amoindrie devant une silhouette et un visage de vingt ans. Les tests le prouvent : les postes à responsabilité réclament une allure sereine, un visage mûr.

Il s'agit donc de choisir le moment de l'injection avec soin.

Pour le couple de la salle de bains qui, chaque matin, se contemple dans la grande glace, la question ne s'est pas posée, ne se pose pas, ne se posera pas.

C'est leur pacte.

Ils se sont juré de ne jamais se fixer et de s'aimer comme s'aimaient leurs ancêtres à travers les âges de la vie et leurs marques inévitables sur les corps. C'était sa demande expresse à elle quand il l'avait rencontrée, et il avait accepté. Il l'aimait.

Depuis, il n'y a pas un dîner avec leurs amis où cette décision n'est pas attaquée. Les réflexions fusent :

– Mais franchement vous êtes fous !

– Pourquoi ne pas vous passer aussi de tout le reste ? Le progrès, c'est le progrès, et vous en profitez bien !

C'est elle qui répond toujours :

– Oui, c'est vrai, mais utiliser des machines, ce n'est pas changer son corps ! Moi, je ne veux pas d'atteinte à mon développement humain…

– Développement ! Tu veux rire ? Vieillissement, c'est tout ! C'est ridicule !

– Dé-mo-dés ! Vous êtes démodés ! Vous jouez les dinosaures !

– Eh bien d'accord, nous sommes ridicules et démodés ! Mais qu'est-ce que ça peut bien vous faire ? C'est notre peau, non ?

– Mais c'est parce qu'on vous aime bien…

– Oui, vous voir vieillir comme ça, c'est incompréhensible ! Voilà ! La jeunesse éternelle, nous l'avons, grâce à ton grand-père, et tu n'en veux pas ?

À ce stade des conversations, la petite-fille du génial inventeur devient généralement violente et son mari préfère éviter ça :

– Un petit tour dans la roseraie ?

Il sait que personne n'y résiste. Sa roseraie est la plus célèbre d'Europe. On fait des milliers de kilomètres pour la voir et, depuis que les mondes de l'Est et de l'Ouest, du Sud et du Nord se sont réunis, c'est lui qui fournit les roses pour chaque concertation du Grand Comité qui gouverne la planète tout entière.

Dans la roseraie, on ne peut que se taire, respirer les parfums sucrés, poivrés, se laisser ravir par la beauté des fleurs. Toute querelle tombe, il le sait. C'est lui le maître des lieux.

Il a organisé un véritable périple, multipliant les sentiers qui sillonnent son extraordinaire domaine. Sitôt passé la vieille grille qu'il a tenu à conserver, vestige des anciens jardins, on ne peut que tout oublier. Et lorsque leurs amis repartent, la paix est revenue.

C'est là aussi que, chaque soir, il se promène avec celle qu'il a juré d'aimer toujours, quelle que soit son apparence.

Elle est belle. Sa beauté est fragile et c'est cela qu'il aime. Il sait voir sur un visage les empreintes que les rires, les pleurs tracent doucement. Il aime son visage à elle qui commence à dire, avec les ans, toute son histoire. Il l'aime comme il aime ses roses, d'un amour total et tranquille, qui accepte le flétrissement.

Pour elle, la vie a commencé étrangement. Pas si simple d'être la petite-fille du docteur Juventus et de sa merveilleuse inspiratrice ! Sa mère, elle, vouait un véritable culte à ses parents. À vingt ans, elle avait été la première à se fixer, cobaye radieux de son propre père.

C'est dans la roseraie que la confidence suivante avait été murmurée, d'une voix très basse :

– L'impression d'avoir une grande sœur que je rattrapais, peu à peu, pas une mère !... Tu sais, je crois que j'ai été soulagée quand elle est morte.

C'est horrible, hein, ce que je dis ? Il n'y a qu'à toi que je peux le confier, mais c'est vrai. J'avais un chagrin immense et en même temps j'étais soulagée ! Dans les glaces de la maison – il y en avait partout –, on devenait de plus en plus semblables. Ça la faisait rire ! Pas moi ! Mon père était fou d'elle, comme mon grand-père de ma grand-mère. Mais moi, ça m'angoissait.

Comment faire après ? Quand je l'aurais dépassée ? Que je serais en apparence plus vieille qu'elle ?... Leur accident, mes deux parents morts d'un seul coup, ensemble, ça a été horrible mais comme une délivrance en même temps...

Il n'y a que dans la roseraie qu'on peut ouvrir ainsi son cœur, et seul celui qui l'aime comme elle est, au fil des jours, sait alors l'apaiser.

– Arrête de te faire du mal ! N'y pense plus, essaie ! L'invention de ton grand-père, tu sais qu'il faut qu'on apprenne à la maîtriser. Il y faudra des générations et des générations. Ta mère ne savait rien. On apprend ! Regarde, on a déjà reculé la date de l'injection. Maintenant rien n'est possible avant la nouvelle majorité : vingt-cinq ans. C'est déjà mieux, non ?

– Oui, tu as sans doute raison, mais ça reste fou quand même. Ne plus bouger. Ne plus jamais changer d'apparence physique. Pour moi, c'est ça la mort ! C'est cela même.

– Écoute, de tout temps l'humanité a désiré la jeunesse éternelle. C'est une quête qui a alimenté tant de recherches… On n'y peut rien. Peut-être un jour reviendra-t-on au choix des rides et de l'âge ? L'humanité change d'avis, tu sais, le passé le prouve. En attendant, l'invention de ton grand-père a sans doute évité à bien des femmes de se retrouver seules, l'âge venant, leur mari parti… Tu sais comment ça se passait… une plus jeune… une plus jolie… et des familles entières qui éclataient.

Cet argument ne la touche pas :

– Quand on a l'essentiel, on ne part pas.

C'était quoi leur amour, alors ? Une histoire de peau ?

– Parfois… plus souvent qu'on ne pense… mais on ne le sait pas… Regarde les roses maintenant, ne pense plus à tout ça. N'avons-nous pas fait notre choix ? Nous deux, nous nous aimons comme nous sommes, comme nous serons, comme tu l'as toujours souhaité, n'est-ce pas l'essentiel ?

Alors seulement, elle pose la tête sur son épaule.

Ce matin-là, elle lui sourit dans la grande glace ovale de la salle de bains. Elle fait un clin d'œil à l'affiche :

– Je me demande ce que grand-mère Juventus penserait aujourd'hui…

Elle est joyeuse comme une gamine. Il la regarde. Elle a les yeux taquins, ses yeux d'adolescente. Il lui sourit. Dans un visage, le regard ne vieillit pas.

Aujourd'hui, c'est à la mairie qu'ils se rendent. Cela fait dix ans qu'ils sont mariés. Et pour leur anniversaire de mariage, c'est elle qui a eu l'idée d'exposer leur choix à toute la ville.

« Une bonne fois pour toutes, on va les faire taire ! »

Depuis toute petite, elle est passionnée de photographie et s'est rapidement fait une réputation dans ce monde. Ce sont les clichés de la roseraie qui l'ont rendue célèbre. Alors, depuis leur mariage, chaque mois, avec son mari, elle s'est prise en photo, devant les roses, au même endroit, toujours. La même pose, le même moment de la journée, au coucher du soleil, et le résultat est là, extraordinaire : leurs visages, semblables et pourtant changeants, de mois en mois, d'année en année.

Jusqu'à ce jour, elle a gardé secrète sa collection. Même son époux n'a pas eu accès à cet étrange archivage. Aujourd'hui, elle a décidé de tout rendre public dans les salons de la mairie. Elle a choisi avec soin la date : celle de leur union. Dix ans de photographies. Cent vingt clichés exposés. Un défi à la face des « fixés ». Elle et lui, ils osent la vie, la vraie, la périssable : c'est cela qu'elle clame par son acharnement.

L'exposition s'intitule tout simplement : *ALE et ELA*. Les noms qu'ils ont pris le jour de leur mariage.

Comme la nouvelle tradition l'exige depuis cinquante ans, pour chaque mariage, une fois le serment prononcé, un enfant est venu jusqu'aux mariés, portant une corbeille de chiffres. Eux avaient tiré au sort le 3. Elle avait souri : son chiffre fétiche. Un autre enfant s'était alors avancé, porteur d'une autre corbeille, celle-ci pleine de lettres. Ils en avaient donc choisi trois : le L, le E, le A étaient sortis, et de ces trois lettres ils avaient formé leur nom de mariés : Ale pour lui, Ela pour elle. Ils abandonnaient ainsi celui de leurs parents.

Cette coutume avait été adoptée avec bonheur par les mondes de l'Est, de l'Ouest, du Sud et du Nord. Quoi de mieux que de se défaire ensemble du nom des parents pour un nom nouveau ? On avait trouvé que cette formule était meilleure que la précédente qui entraînait seule la femme à changer de patronyme. Ela avait été ravie d'échapper ainsi à sa lignée.

Ale et Ela sont affichés, épinglés sous les lumières. C'est le jour de l'exposition. Elle a attiré un nombre important de journalistes et l'événement promet d'être fameux.

Ela, la petite-fille de l'inventeur qui a bouleversé la vie humaine, Ela, qui vit à l'écart des mondanités, dévoile enfin sa vie privée. On sait qu'il y aura des photos d'elle et de son mari Ale dans la fameuse roseraie. Cela suffit à provoquer la venue d'une foule nombreuse.

– Je suis prête.

Elle se tient dans l'entrée. Il sent à quel point, aujourd'hui, elle est fragile et forte. Il la sent frémissante. Elle règle ses comptes en plein jour, les comptes de vingt ans de souffrance auprès d'une mère qui fut la première à avoir vingt ans jusqu'à sa mort. Une mère à la beauté fixée, si terriblement semblable à sa fille peu à peu, si naïvement ravie, comme un enfant, de prouver à son père qu'il avait réussi. Aveugle devant le malheur de sa fille.

Ela n'a jamais voulu soigner sa propre beauté. Elle a délaissé tout maquillage et s'est complu dans la vérité nue de son visage.

C'est ainsi qu'il l'aime. Elle est la plus belle rose de son jardin.

– C'est étrange, une foule sans vieillards, a-t-elle murmuré.

Les visages qui se pressent devant eux sont jeunes, la trentaine pour la plupart. Quel âge ont-ils vraiment ? Pendant combien d'années ces mains ont-elles accompli les gestes simples qui tissent, d'une journée à l'autre, une vie ? On ne sait plus. On ne peut plus rien savoir.

La jeunesse a envahi le monde. Qu'importe que l'on ait trente ou cinquante ans puisque les visages sont les mêmes, un visage unique : celui de la jeunesse.

C'est cela que voulait le grand-père d'Ela ? Est-ce que c'est vraiment cela ? Ne rêvait-il pas plutôt que sa bien-aimée soit l'unique, gardant intacte cette beauté qui l'avait bouleversé, lui, toute une vie durant ?

Qu'éprouvait-il, le chercheur de miracle, quand il voyait apparaître les rides sur la peau de son aimée ? Et quand elle est devenue si vieille qu'il ne servait plus à rien de conserver son image, pourquoi a-t-il continué de chercher et chercher encore ? Pour qui ?

Il paraît que lorsque sa fille a testé son produit, il n'avait même pas manifesté d'élan de joie. Ce n'était pas pour elle qu'il avait fait tout cela. Sa femme était devenue une vieille femme. Ils sont morts peu de temps après, par une obscure loi du destin, ils se sont rejoints à quelques mois d'écart. Il n'a pas vu tout ce que son œuvre avait provoqué.

Que dirait-il des questions que pose sa trouvaille aujourd'hui ?

Le Comité d'Éthique des Quatre Mondes réunis ne cesse de statuer sur l'utilisation de l'injection. La date butoir des vingt-cinq ans a soulevé tant de critiques ! Les jeunes de quinze ans ne voient pas pourquoi il faut laisser le temps les marquer dix ans de plus pour avoir le droit de se fixer. « Au nom de quoi ? » clament-ils. Ils ont défilé, violents, muets, puisque le comité de paix publique a voté l'abandon de tout cri pendant les manifestations. Leur silence était terrible. Il hurlait : « Pourquoi refuser que l'on garde toute sa vie le visage de ses quinze ans ? De quoi avez-vous peur ? Que le visage intact garde les révoltes intactes ? Nous voulons rester ce que nous sommes. » Qui leur a donné l'idée de porter chacun une pancarte où était imprimé le visage du jeune poète Rimbaud ? Rimbaud. L'éternelle révolte. Toujours. Le Comité d'Éthique des Quatre Mondes réunis a cependant maintenu son arrêt.

Maintenant, c'est aux adultes qu'il doit s'opposer. Bien des parents, en effet, souhaitent disposer de la libre utilisation de l'injection sur leurs enfants. Ainsi certains revendiquent-ils le droit de fixer les bébés. N'y a-t-il rien de plus adorable que le stade premier de l'humain ? Des mamans en larmes soutiennent qu'elles ne sauront se passer de cette tendre boule de chair contre leur peau, entre leurs bras aimants.

Pourquoi les laisser grandir ? Si les parents sont fixés, ne peuvent-ils rester éternellement ces jeunes couples chérissant leurs adorables bébés ?

L'injection n'en finit pas de poser question.

D'autres se demandent s'il ne faut pas la rendre obligatoire passé un certain âge : on éviterait ainsi de rencontrer ces visages affligeants, ces corps bafoués par les ans. Affaire d'esthétique, presque d'hygiène. Mais cette question est laissée de côté car l'engouement pour le vaccin est tel qu'il semble que personne ne puisse s'en passer.

La preuve en est cette foule jeune qui s'est massée pour venir admirer la collection de photos d'Ela et Ale.

Ela serre le bras d'Ale :

– Regarde-les ! Regarde-les ! Qui est le père ? Qui est le fils là-dedans ? Qui ? La vraie jeunesse est trahie. On ne la reconnaît plus. En fait, il n'y a plus de jeunesse puisqu'il n'y a plus de vieillesse. C'est ça que j'ai envie de leur crier.

Ale passe son bras autour de ses épaules :

– Tu leur montres avec tes photos, et c'est tellement plus fort comme ça. Viens !

Soudain, elle se retourne vers lui :

– Ale, tu m'aimeras toujours, vieille ?

Elle est pathétique. Il n'y a rien d'autre à faire que la prendre contre lui et lui dire « oui oui oui » et encore « oui ». Combien de fois lui dire ? Combien de fois pour qu'elle soit sûre ?

On vient les chercher au bas des marches de l'hôtel de ville. On les trouve charmants ainsi enlacés. Au bout de dix ans, dix ans qu'ils se nomment Ale et Ela, ils ont l'air si amoureux.

Ela est toute vêtue de blanc.

Le maire les accueille, souriant :

– Extraordinaire, ce travail, madame, tout à fait remarquable. Je suis très fier de présenter à tous aujourd'hui la petite-fille de notre bienfaiteur.

Elle s'est raidie. Jamais on ne la détachera donc de cette famille. Elle se force à rendre le sourire, avance.

Elle a jalousement veillé à l'accrochage de ses photos. L'éclairage est volontairement cru. Les visages – celui d'Ale, le sien – se détachent dans la lumière. Il y a une sorte de violence dans la répétition forcenée de ses images. On ne peut pas y échapper.

Ale les découvre. Il avance, seul. Ela est restée près du maire. Il découvre. Voici donc le patient travail de sa femme. Devant la répétition de la scène, la mémoire s'estompe. Les dates sous chaque cliché ne servent plus à rien : il ne voit plus qu'un homme qui vieillit à vue d'œil, sur le papier mat. Peu à peu, son propre visage lui échappe. Derrière ses lèvres muettes, d'étranges paroles que personne ne peut entendre. « C'est moi ? Moi, cet homme, debout, près de cette jeune femme ? Moi ? » Il avance. Il découvre. Il n'arrive pas à s'intéresser au visage d'Ela. Seule soudain sa propre image le fixe, envoûtante. « Moi, cet homme ? Qu'a-t-elle fait de nous ? Que sommes-nous venus faire ici ? Mon Dieu, qu'a-t-elle donc voulu prouver ? Qu'on éteigne cette lumière ! Qu'on déchire ces photos ! Qu'on les brûle ! Ce n'est pas moi. Ce n'est pas elle. »

Penché sur elle qui s'est approchée, il murmure :

– Ela, pourquoi as-tu fait cela ?

Mais elle ne l'entend pas. Elle écoute les propos du maire et d'un jeune délégué à la Culture de la ville. Quel âge a-t-il, ce jeune homme au sourire impeccable, à l'allure sportive ? « Ela, tu lui parles, tu lui souris, mais peut-être a-t-il plus que mon âge, et tu ne lui demandes pas, tu lui souris ? » Le cœur d'Ale bat mal dans sa poitrine.

– L'idée de votre femme est tout simplement géniale, mon cher !

C'est l'épouse du maire, une admiratrice de la roseraie, qui vient de le rejoindre.

– Est-ce vrai, ce que l'on raconte ? Il paraît que même à vous elle n'avait rien montré. Quel effet cela vous fait-il ?

Ale a du mal à retrouver au fond de lui l'air nécessaire à toute parole.

– C'est vrai, oui... Excusez-moi, je dois prévenir Ela...

De quoi ? De quoi doit-il donc la prévenir ?

Il traverse la foule qui piétine devant chaque cliché. Il traverse sans regarder, sans prêter attention aux exclamations qui fusent :

– C'est lui ! Oui, lui... Regarde !

Enfin il touche le bras d'Ela.

– Écoute, je ne me sens pas très bien... Excuse-moi, je crois qu'il vaut mieux que je rentre.

Son visage à elle, si vite bouleversé.

– Ale, qu'est-ce qui ne va pas ? Je rentre avec toi.

– Mais non, laisse, c'est rien, un petit malaise, rien du tout.

– Appelons un médecin tout de suite !

– Ne bouge pas ! Puisque je te dis que ce n'est rien... Cette exposition, c'est toute ta vie, non ?

Elle le regarde gravement.

– Oui.

– Alors reste ici. Tu me rejoindras après. Ne t'inquiète pas. Tu sais que la foule ne me réussit pas. J'ai dû trop travailler ces derniers temps.

Il dit n'importe quoi. Pour la rassurer, la calmer. Il veut être seul, tout seul. On n'a pas le droit de marteler ainsi les années qui passent sur un visage.

Elle l'a laissé s'éloigner un peu.

– Quelque chose qui ne va pas ? a demandé l'attaché culturel.

– Non. Ale se surmène un peu en ce moment… Il a besoin de repos…

– Un taxi pour le reconduire ?

Mais Ale a déjà disparu. Ela reste seule, devant l'intraitable série de photos.

– On a prévu un moment pour la presse après le vernissage…

– Bien sûr !

Elle sourit à nouveau. C'est son jour de gloire. Enfin on peut se passer de l'invention de son grand-père. Elle peut le crier au monde. Elle, la petite-fille du docteur Juventus, comme on l'appelle, a osé. Elle est allée à l'encontre de tout. À visage découvert. Elle existe en niant ce qui a fait sa renommée à lui.

Son exposition est un véritable triomphe. Elle va faire du bruit dans les Quatre Mondes réunis. Son visage et celui d'Ale, exposés au temps et à la vue, vont être célèbres dans le monde entier. Le piétinement des visiteurs en est la preuve ainsi que le silence qui les prend, comme s'ils avaient pénétré dans une église et contemplaient des images sacrées.

Ela a gagné. Elle en est sûre. Mieux que tous les discours éthiques de tous les comités, son exposition va faire réfléchir. Oui, on peut vieillir, côte à côte, oui, les photographies le montrent.

Elle annonce aux journalistes que la prochaine exposition aura lieu dans cinq ans, la suivante cinq ans plus tard, et ainsi de cinq en cinq, jusqu'au bout…

On l'admire silencieusement. Elle a osé. On murmure son nom. Un nom simple, Ela.

Pendant ce temps, Ale est de retour chez eux. Il erre dans la roseraie. Il s'est arrêté au lieu exact où ils ont posé tous les deux devant l'appareil réglé par Ela, un vrai maître. Derrière lui, les roses embaument. Il reste ainsi, posant dans le vide, sans personne à son côté. Comment n'a-t-il pas senti ce qui se passait chaque mois, quand elle l'emmenait ici, à cet endroit précis ; qu'elle apprêtait l'appareil, un appareil de précision qui fonctionnait à la voix, uniquement la sienne ? Sa voix. La voix d'Ela qui indiquait précisément l'intensité de la lumière. Sa voix : rapide, claire ; un coup d'œil à son révélateur de mesure, quelques mots, quelques chiffres lancés vers le trépied sur lequel est posé l'appareil photo. Elle lui prend la main, sourit, lui aussi, mais elle plus grave, toujours plus grave. Et c'est fini. La photo est faite.

Toute l'opération n'a duré que quelques minutes. Et lui, que faisait-il après, de chacun de ces jours ? Qu'a-t-il fait du temps qui s'est écoulé entre chaque photographie ? Du temps qui a ainsi transformé lentement son visage ? Il s'est promené. Il a soigné ses roses. Pourquoi ? Les roses se fanent. Les roses se coupent.

Des roses remplacent d'autres roses. Toujours. C'est comme ça dans la roseraie. C'est comme ça partout. Et lui ? Qui le remplacera ?

Soudain, il éprouve le besoin stupide de revoir les photographies, une à une, lui seul. Il faut qu'il les regarde jusqu'à s'en crever les yeux. Il doit voir. Mais les photos sont là-bas, accrochées dans la lumière, face à la foule.

Lui, il sait repérer sur ses roses le moment précis où un pétale va s'ouvrir. Ce petit miracle-là est unique. Il lui est arrivé de le partager. Pas avec n'importe qui. Avec Ela, bien sûr, c'est même de cette façon, il le sait, qu'elle s'est mise à l'aimer.

Ela était étudiante en art photographique et elle devait présenter son ouvrage de fin d'études. Il se rappelle. Il n'avait prêté aucune attention à son nom. Pour lui, elle était une étudiante comme une autre. Il avait reçu déjà dans sa roseraie des peintres, des dessinateurs, de « grands nez » de la parfumerie, des photographes, bien sûr, mais il n'aimait pas l'instantanéité de la photographie. Il préférait offrir ses roses au pinceau lent, au regard appliqué, rêveur, des peintres. L'œil précis, fixe, de l'appareil photographique le gênait. Il avait l'impression, très primitive, qu'on lui dérobait ses roses par l'image rapide, parfaite. Il réagissait comme ces hommes des tribus qui vivaient encore dans le monde il y a quelques décennies, avant la Grande Vérification de Civilisation.

Mais Ela avait su lui faire oublier ses craintes. Elle était arrivée un matin, charmante, vêtue de blanc, un regard si profond. Elle avait dit, il se rappelle :

– S'il vous plaît, montrez-moi la vie d'une rose.

Et il était resté muet.

Elle avait ajouté :

– Je voudrais photographier une rose de l'éclosion du bouton jusqu'à... la fin. Je veux voir une rose vivre, vieillir et mourir. Je veux montrer ça avec mes photos.

Et ça avait l'air si important pour elle. Ce n'était pas seulement un sujet de fin d'études. On avait l'impression que c'était l'œuvre de sa vie.

Il avait dit oui. Bien sûr, il avait dit oui. Et elle était restée dans la maison. Il lui avait fait installer tout ce dont elle avait besoin dans une aile de la vaste demeure. Et il lui avait indiqué chaque moment où elle le suivrait dans la roseraie pour capter la vie de sa rose. Il n'était pas magicien, comme on le disait, non, il aimait ses roses et, quand on aime, on sait repérer les signes du moindre changement. Cela tenait à la texture du pétale, à sa couleur, à une nuance parfois, que lui seul percevait.

Ela avait été précise à chaque rendez-vous. Il lui avait expliqué avec des mots simples ce qui se passait alors. Il détestait le jargon des spécialistes. Il aimait que les choses soient claires, les paroles comme les roses.

Et Ela était claire. Auprès de lui. Elle préparait ses appareils sans même qu'il s'en rende compte tant elle semblait concentrée sur ses paroles, sur la vue de la rose.

Son travail avait été une réussite superbe. Un grand magazine avait acheté son reportage, tant pour la qualité des photos que pour la renommée de la roseraie.

Ela n'avait plus jamais quitté la maison.

Ils étaient devenus Ale et Ela quelques mois plus tard.

Et aujourd'hui, il est seul dans la roseraie, seul. C'est l'endroit précis où elle les a fait poser de mois en mois, d'année en année, et il a l'impression étrange qu'elle lui a pris quelque chose, sans le dire, à sa façon calme, précise, sûre.

C'est à ce même endroit qu'il lui avait montré la vie d'une rose, de l'éclosion à la mort. Un clin d'œil à leur histoire. Eux seuls le savaient. Il en avait souri.

Il ne sourit plus. Il a mal.

– Qu'as-tu fait, Ela ? Qu'as-tu fait ? Tu t'es servie de moi pour lutter encore et toujours contre le docteur Juventus, celui qui voulait faire tant de bien, qui t'a fait tant de mal. Celui qui t'a volé le visage de ta mère en le fixant pour toujours à vingt ans. Et moi, qu'est-ce que je suis là-dedans ?

Quand Ela est rentrée, tard, à la maison, elle l'a cherché.

Il est encore dans la roseraie. Au même endroit. Il est assis sur la terre sans souci de son pantalon, lui qui en avait choisi le tissu avec tant de soin, comme toujours. Il a dans les bras un énorme bouquet de roses.

Ela reste interdite.

Ale ne cueille jamais ses roses. Sauf pour le Grand Comité.

Il en a cueilli tant et tant. Pourquoi ?

Il la regarde soudain comme il ne l'a jamais regardée.

– C'est pour toi, tiens !

– Ale, elles sont si belles… pourquoi ?

– Parce qu'elles ont atteint le moment parfait. Dans une heure ou deux, elles commenceront à se flétrir. Personne ne le verra, mais cela aura commencé…

Il se lève sans un mot et regagne la maison. Ela reste au milieu de l'allée, les bras chargés de roses.

Elle n'a pas couru pour le suivre. Quelque chose de plus fort l'a fait demeurer là, longtemps, comme pour le pinceau d'un peintre.

Ale a eu de la fièvre cette nuit-là et pendant plusieurs jours il n'a pu ni parler ni supporter la lumière du jour.

Puis la vie a repris son cours.

Ale et Ela n'ont pas reparlé de son étrange attitude, mise sur le compte de la fièvre.

Sans doute était-il déjà souffrant au cours de la journée. N'avait-il pas quitté précipitamment l'exposition ?

Chaque mois, Ela règle à nouveau ses appareils et, chaque mois, au même endroit, ils reprennent la même pose, leurs deux visages offerts. Puis elle développe seule les clichés dans son laboratoire.

Mais Ela reste de plus en plus souvent songeuse devant la roseraie. Parfois, elle ne quitte plus Ale des yeux, parfois elle semble l'oublier complètement, le regard perdu.

Pourtant Ale l'entoure d'un amour sans faille. Son exposition fait le tour des Quatre Mondes réunis et la prochaine est presque prête. Qu'est-ce qui la trouble ainsi ?

Chaque matin, dans le miroir de la salle de bains, Ale lui sourit. Ce matin-là, elle dit :

– Ale, je sais.

Il ne répond rien. Il lui sourit toujours.

Il est très exactement semblable à l'image qui se reflétait dans la grande glace de la salle de bains, il y a cinq ans.

LE BÂTARD DE L'ESPACE

Colin Thibert

– Huit personnes ! claironna Granger. Quatre femmes et quatre hommes, réunis dans un espace clos de deux cent quarante mètres carrés. Totalement coupés du monde, j'insiste là-dessus ! To-ta-le-ment coupés du monde ! Pendant trois ou six mois, cela reste à définir…

La proposition fut platement accueillie. Depuis plus de deux décennies, en effet, la télévision enfermait régulièrement des gens des deux sexes dans des espaces clos, sous l'œil indiscret de centaines de caméras. Des millions de téléspectateurs à travers le monde les regardaient vivre comme ils l'auraient fait de souris ou d'insectes dans un bocal de verre.

La recette était bonne et rapportait énormément d'argent. Une multitude de combinaisons avaient été expérimentées avec plus ou moins de succès au fil des ans : on avait mêlé des gens de toutes origines, de toutes couleurs, issus des couches sociales les plus diverses. On avait ajouté, à l'occasion, un chien, un repris de justice, ou un orang-outan.

Les séquestrés volontaires avaient été confinés dans un ancien bunker du mur de l'Atlantique, sur un atoll du Pacifique, sur un catamaran géant, au fond d'une grotte, dans un monastère désaffecté, dans une ancienne caserne de pompiers, sur le dernier iceberg de la banquise.

Le patron aboya à l'intention de Granger :

– C'est du déjà-vu, mon vieux ! Faudrait songer à vous renouveler un peu si vous entendez rester dans la boîte ! Projet suivant !

– Pardon, monsieur ! osa répliquer Granger. Vous ne m'avez pas laissé finir ! L'endroit où l'on enfermerait ces huit jeunes ne serait pas situé sur Terre !

– Comment ça, pas sur Terre ?! Vous n'allez pas nous les foutre sur la Lune, quand même !

– Presque. Ils seraient dans une station orbitale.

– C'est n'importe quoi ! ricana la belle Sue-Chan.

Mais le patron reprit, d'un ton soudain rêveur :

– Une station orbitale, vous dites ?…

– Oui, monsieur.

– Trop cher ! Projet suivant !

– Je me suis renseigné : les Russes sont prêts à nous céder une de leurs vieilles stations Mir pour des queues de cerises ! insista Granger. Seuls les aménagements intérieurs seraient à notre charge… Et on n'a pas besoin de les installer dans du Louis XV, les candidats !

Le patron couva Granger d'un regard tendre :

– Savez-vous que votre idée me plaît énormément, mon petit Jean-Philippe ? Énormément !

– C'est géant ! dit Sue-Chan.

– Absolument géant ! confirma Erwin.

Ainsi naquit le projet *Space-Loft*.

Granger s'était mis les Russes dans la poche en les invitant à dîner dans les meilleurs restaurants de la capitale. Gavés de truffes et de grands vins, ils avaient dit oui à tout. Je ne sais pas ce que le patron promit aux dirigeants de l'Agence spatiale paneuropéenne, mais ils s'engagèrent à transporter les huit jeunes et le ravitaillement jusqu'à la station pour le prix d'un aller-retour Paris-Marseille en TGV.

Une opération comme nous les aimions : investissement minimum, des masses de fric à la clé.

Le plus grand secret entourait évidemment *Space-Loft*, mais on avait laissé filtrer à dessein une ou deux indiscrétions que les médias s'étaient empressés de divulguer. Tout portait à croire que le public était mûr pour faire un triomphe à notre projet.

Le choix des candidats mobilisa toute notre attention. Il fallait évidemment des hommes et des femmes jeunes, en excellente condition physique. Il fallait aussi, et surtout, qu'ils fussent télégéniques. Avec ou sans vêtements. Surtout sans vêtements. Plus ça devenait chaud, plus les audiences augmentaient…

Les psychologues attachés au projet attirèrent notre attention sur un point : si l'une ou l'un des lofteurs pétait les plombs – ce qui s'était déjà produit dans le passé –, on ne pourrait pas l'escamoter aussi facilement que d'habitude. Encore moins lui envoyer une assistance discrète hors caméra, comme cela s'était pratiqué à l'occasion des émissions précédentes. Personne n'avait pensé à ce détail et chacun le reprocha amèrement aux autres. Quoi qu'il en soit, on était trop avancés pour reculer.

En s'appuyant sur des logiciels d'aide à la décision, on s'attacha à définir le profil idéal du lofteur spatial : il ne devait avoir aucun antécédent psychiatrique, être totalement dépourvu d'imagination, rêver peu, et si possible en noir et blanc, ne pas s'adonner aux stupéfiants. Il devait être sportif, mais pas trop, ne pas s'intéresser à la politique et préférer les magazines aux livres. Erwin résuma le sentiment général en déclarant :

– En somme, nous cherchons de gentils crétins ?

– Plus ils seront niais, moins vous aurez de problèmes ! assurèrent les psys.

L'ordinateur confirma.

Il nous suffit d'une seule annonce pour voir se précipiter des milliers de jeunes avides de notoriété télévisuelle. Tous les jours, une queue immense serpentait de nos bureaux jusque sur le boulevard. On avait été contraints de disposer des barrières pour contenir la foule, et d'embaucher des vigiles pour éviter les bagarres et décourager les resquilleurs.

Après des mois d'un travail acharné, après avoir visionné des milliers d'entretiens, épluché des milliers de tests, nous finîmes par arrêter notre choix sur huit candidats qui furent présentés à la presse. Côté filles : Sandra, Malvina, Saphira et Jonquille. Côté mecs : Baptiste, Steven, Charles-Sélim et Bruno. Tous jeunes et beaux, déclinant une gamme allant du blond scandinave au noir corbeau. Sandra était apprentie esthéticienne, Malvina standardiste, Jonquille vendeuse en boulangerie, Saphira hôtesse d'accueil. Chez les garçons, on trouvait un moniteur d'auto-école, un agent de sécurité, un maître-nageur auxiliaire et un vendeur de voitures d'occasion.

Le 9 juillet 2022, la navette déposa les huit candidats sur l'ex-station Mir, rebaptisée *Space-Loft*. Plus de trente millions de téléspectateurs européens suivirent le programme en direct. Un triomphe.

Les décorateurs avaient bien travaillé. La station tenait le milieu entre le salon de coiffure branché et le living de Monsieur Tout-le-monde. Les couleurs étaient crues, vives, destinées, selon les spécialistes, à apaiser les angoisses et à fouetter la libido. D'énormes congélateurs abritaient assez de pizzas et de hamburgers pour satisfaire les appétits les plus gargantuesques. On n'avait pas oublié les vitamines : jus de fruits et légumes surgelés. Il y avait peu d'alcool, mais il y en avait assez pour aider les timides à se désinhiber. Un immense jacuzzi à remous pouvait accueillir en même temps les huit lofteurs. Un écran géant leur permettait de mater toutes les chaînes du monde, considérant leur position dominante ! Le confessionnal, cher au genre, avait été tendu de velours rouge. Entre nous, nous l'appelions le « débectoir ». Les caméras étaient partout. Absolument partout.

La navette de l'Agence spatiale apporterait le ravitaillement toutes les trois semaines, elle repartirait, le cas échéant, avec le garçon ou la fille éliminé par le public. Ou par nos soins, si l'un des candidats ne nous satisfaisait pas...

Dès les premiers jours des couples se formèrent : Baptiste et Malvina, Charles-Sélim et Jonquille, Steven et Sandra, Bruno et Saphira. J'ignore si c'est à cause de l'ennui, de l'apesanteur ou des deux, mais les lofteurs passaient le plus clair de leur temps à faire l'amour. Le public était ravi, les recettes publicitaires de la chaîne triplèrent.

Toutefois, dans le secret du « débectoir », partagé par quelques millions de téléspectateurs, Sandra confessa sa déception : ce n'est pas Steven qui lui plaisait, mais Baptiste que cette garce de Malvina s'était arrangée pour lui piquer sous le nez. Bruno, de son côté, avoua qu'il était plus attiré par Jonquille que par Saphira. Le public fut choqué par leur attitude : Sandra et Bruno furent expulsés du *Space-Loft* au bout de six semaines. Malvina pleura beaucoup en entendant ce que Sandra avait dit d'elle derrière son dos. Elle nia avoir des implants mammaires et fit palper ses seins à tous les lofteurs pour prouver sa bonne foi. La séquence connut un succès planétaire. Saphira, abandonnée, se jeta dans les bras de Steven qui lui révéla, avec des trémolos dans la voix, qu'il craquait pour elle depuis le début, sans avoir osé le lui dire.

Les téléspectateurs suivirent toutes ces péripéties avec émotion. Nos scénaristes avaient fait du bon boulot ! (Des prompteurs discrets étaient installés un peu partout dans la station. Les lofteurs pouvaient y lire leurs répliques quand ils étaient en panne d'inspiration ou qu'ils souffraient d'un déficit de vocabulaire.)

Sue-Chan eut alors une idée de génie :

– Il y a une livraison dans deux jours au *Space-Loft*. Perçons un préservatif sur deux ! proposa-t-elle.

– Vous êtes dingue ! s'indigna le patron.

– Si nous avons la chance qu'une des filles tombe enceinte, nous allons encore battre des records d'audience ! Imaginez le tableau ! En cloque à des milliers de kilomètres de tout hôpital ! Loin de maman, loin de la famille ! Ça va chialer dans les chaumières, c'est moi qui vous le dis !

– Nous ne risquons pas d'avoir des ennuis ?...

– J'ai fait éplucher les contrats des lofteurs par nos juristes, nous sommes inattaquables ! assura Sue-Chan. Évidemment, il faudra bidouiller les votes des téléspectateurs pour que la fille enceinte reste dans le *Space-Loft* jusqu'à la fin ! Qu'il soit trop tard pour avorter quand elle reviendra sur Terre... Un enfant conçu dans l'espace, vous imaginez ! ... Le bébé du *Space-Loft* !

– Le bâtard de l'espace ! ricana Erwin. C'est cool !

Après un silence recueilli, le patron couva Sue-Chan d'un regard tendre.

– Votre idée me plaît énormément, mon petit ! Énormément !

L'audience du *Space-Loft* commençait à fléchir un peu lorsque Charles-Sélim, sur le conseil des scénaristes, flanqua son poing sur la jolie petite gueule de Baptiste, sous prétexte que ce dernier avait renversé exprès son bol de céréales. Jonquille s'interposa entre les deux garçons surexcités et parvint à les raisonner. Ils finirent même par se serrer la main.

– Quelle gourde ! se plaignit Erwin. Du sang en direct ! Peut-être même un meurtre ! On aurait explosé l'audimat !

Un peu plus tard, au « débectoir », Jonquille déclara que Charles-Sélim était une brute, que l'histoire des céréales n'était qu'un prétexte, qu'il était simplement jaloux de Baptiste. Mais Charles-Sélim avait, auprès des téléspectateurs, un fort capital sympathie, et l'attitude de Jonquille déplut. Elle et Baptiste auraient dû, logiquement, être les prochains lofteurs éliminés. Mais Sue-Chan en décida autrement :

– Pourquoi ne pas virer deux garçons ? suggéra-t-elle. Le dernier resterait ainsi seul avec trois filles ! Elles vont se battre pour l'avoir !

L'idée était séduisante. Le patron la reprit aussitôt à son compte.

À la surprise générale, Baptiste et Charles-Sélim prirent donc place à bord de la navette de retour. « Ainsi en ont décidé, démocratiquement, les téléspectateurs ! commenta sobrement l'animateur. Et nous respectons leur choix. »

Steven avait gagné.

C'était un bel animal au cerveau atrophié, sans conteste le plus crétin de la bande. Lors des tests de recrutement, on avait constaté qu'il était dépourvu d'humour comme le serpent est dépourvu de pattes. Ce handicap aurait pu le faire éliminer, mais les psys avaient estimé, au contraire, que son incapacité à comprendre tout ce qui était au-delà du premier degré faisait de lui un sujet intéressant. Les lofteurs pourraient se moquer de lui, les téléspectateurs de même. Personne n'avait vu en lui un finaliste !

Les trois filles rescapées n'avaient rien à lui envier sur le plan de la bêtise. Au siècle précédent, on les aurait qualifiées d'oies, de dindes ou de bécasses. Elles jacassaient plus qu'elles ne parlaient et l'inanité de leurs propos laissait entrevoir un vide si démesuré qu'on en avait le vertige. Mais elles avaient été sélectionnées pour leur plastique, pas pour leur conversation.

Face à cette situation totalement inédite, elles furent d'abord prises de panique. Ensuite, elles complotèrent sourdement les unes contre les autres. Les séquences au « débectoir » connurent de jolis succès d'audience, confirmant l'intuition de Sue-Chan en matière de télévision.

Le public s'amusa beaucoup de voir Malvina semer des peaux de bananes à travers la station. Quand Saphira, la compagne en titre de Steven, glissa sur l'une d'elles, l'hilarité fut à son comble. Fort de son expérience de maître-nageur auxiliaire, le jeune homme diagnostiqua une foulure. Saphira avait la jambe brisée... La règle du jeu était stricte et les candidats avaient signé toutes les décharges possibles dans ce sens avant le départ : il n'était pas question de rapatriement sanitaire ! La pauvre fille vécut un calvaire jusqu'à l'arrivée de la navette. Faute d'avoir vu sa fracture réduite à temps, elle resterait sans doute boiteuse jusqu'à la fin de ses jours. Le *Space-Loft* connut alors de nouveaux pics d'audience : de Malvina ou de Jonquille, qui le beau Steven allait-il choisir ?

« Pour Malvina, tapez 1, pour Jonquille, tapez 2 sur le clavier de votre portable ! » Encore une initiative de Sue-Chan. Ce scrutin téléphonique rapporta des fortunes à la chaîne et à l'opérateur.

Tout le monde pensait que Steven en voudrait à Malvina d'avoir éliminé Saphira d'une manière aussi déloyale. Jonquille était donc la grande favorite. Au « débectoir », elle déclara que sa victoire ne faisait aucun doute.

C'est alors que Malvina se glissa nuitamment dans le lit de Jonquille et l'initia aux plaisirs saphiques ! Rien, dans le règlement, ne stipulait que le couple vainqueur devait être hétérosexuel ! Les deux femmes s'unirent alors contre un Steven totalement décontenancé. Réfugié au « débectoir », il confia sa déception et ses angoisses en termes poignants aux téléspectateurs.

Jonquille et Malvina tentèrent même de l'empoisonner, mais Steven avait l'estomac solide : il avala sans sourciller un cocktail composé de liquide vaisselle et de détergent pour les toilettes. Il ne fut même pas indisposé. Le public considéra alors, unanimement, que la pauvre Jonquille n'était pas à blâmer. Elle s'était laissé manipuler par Malvina, la perverse. Cette dernière quitta la station sous l'opprobre générale.

Avant d'empocher la grosse somme qui l'attendait, le couple finaliste devait faire la preuve qu'il était capable de vivre ensemble au cours des six dernières semaines du *Space-Loft*. Steven, heureusement, n'était pas rancunier. C'était un garçon simple : pour peu qu'il ait une fille dans son lit et suffisamment à manger, il était content. En cela, il était semblable au chien. C'était sans doute la clé de sa popularité.

Après quelques jours d'idylle, Jonquille manifesta une certaine nervosité. Steven finit par s'en apercevoir.

– Quesse t'as ? demanda-t-il.

– J'ai pas eu mes règles depuis deux mois.

– Ah ouais ?

– C'est tout l'effet que ça te fait ?

– Ben… moi, ces machins-là, tu sais…

– Tu comprends pas ce que ça veut dire ?

– Quesse tu cherches à me dire, là ? T'es malade ? C'est ça ?

– Je suis enceinte, Steven !

– Enceinte comment ?

– Il y a un bébé dans mon ventre !

– Ouais, ouais ! Je sais quesse que c'est !

– C'est tout l'effet que ça te fait ?

– Ben… c'est toi, l'enceinte ! Pas moi !

– Bon Dieu, Steven ! Merde ! On mettait pourtant des préservatifs !

– Des capotes, tu veux dire ?

– Ouais.

– Ah ouais… T'as raison.

– Comment que ça se fait que je soye enceinte avec des capotes ?

– Ben… chais pas. Y en avait p't'être une de trouée ?

– Ouais…

– C'est comme les peneus.

– Les peneus ?

– Sur les voitures, tu sais, les peneus. Des fois y crèvent. Les capotes, c'est pareil.

– Ouais… ça doit être ça. Tu te rends compte ?! dit Jonquille après un temps. Tu vas être papa !

– Moi ?

– Oui, toi.

– Ça pourrait pas être Charles-Sélim ?

– Ouais. C'est vrai. Ça pourrait être lui. Mais c'est pas.

– Quesse t'en sais ?

– C'est des choses que les femmes sentent, qui c'est qu'est le père de leur enfant.

– Ah ouais ?

– Ouais.

Des millions de téléspectateurs pleurèrent à chaudes larmes en écoutant ce touchant dialogue (reproduit tel quel, sans ajouts ni corrections).

Le lendemain eut lieu l'incident qui allait déclencher le troisième – et dernier – conflit mondial. Un sous-marin pakistanais tira par inadvertance un missile sur un croiseur américain qui patrouillait dans le golfe du Bengale. Aussitôt le Pentagone répliqua par des frappes ciblées qui firent trois cent mille morts à Dhâkâ. Les Chinois blâmèrent les Américains et en profitèrent pour envahir Taïwan. Les Indiens tirèrent alors à titre expérimental sur le Pakistan quelques missiles nucléaires. Les Pakistanais répliquèrent avec ce qui restait dans leurs silos. On compta les morts par millions. Impatient d'entrer dans la danse, le dictateur nord-coréen fit donner toute la puissance de son vieil arsenal, ce qui lui valut d'en recevoir autant des Russes et des Américains. Les Iraniens prouvèrent au monde, et particulièrement à Israël, qu'ils maîtrisaient parfaitement l'arme atomique. Bref, tout finit par péter partout, même en Australie et dans la vieille Europe. Ce que les bombes n'étaient pas parvenues à détruire, les raz-de-marée et autres fléaux engendrés par ces armes affreuses l'achevèrent… Il ne resta bientôt plus un seul téléspectateur pour s'intéresser aux péripéties du *Space-Loft*.

Jonquille et Steven avaient suivi la guerre à la télévision. Steven était persuadé qu'il s'agissait d'un super jeu vidéo. À chaque champignon atomique, il applaudissait. Jonquille eut beaucoup de mal à lui faire comprendre que c'était pour de vrai, qu'ils étaient les deux seuls survivants de l'humanité. Pour l'en convaincre, elle dut user du bouton d'urgence qui permettait de ramener la station sur Terre.

– T'es folle ! C'est pas permis ! On va être éliminés ! s'inquiéta Steven.

Quand ils atterrirent dans un paysage de cendres, uniformément gris, le lofteur comprit tout de même que quelque chose ne tournait plus rond. Et son visage s'éclaira :

– Tu veux dire qu'on va être comme les deux autres, là ?

– Qui ça ?

– Je sais plus bien leurs noms. Tristan et Dave, non ?

– Tu veux dire : Adam et Ève ?

– Ouais ! Voilà. Adam et Ève ! Quels prénoms à la con !

Il rit.

– Je pense à un truc, ajouta-t-il.

– Ouais ?

– C'est une chance qu'on ait fait le *Space-Loft* toi et moi !

– Ouais. Sauf qu'on touchera jamais notre pognon !

– C'est pas grave ça.

– Ben quesse qui te faut !

– À quoi qu'il nous servirait le pognon, pisse qu'y a plus rien à acheter ?

– Ah ouais. J'avais pas vu ça comme ça.

– C'est aussi une chance que la capote elle était trouée et que t'es enceinte ! dit encore Steven. Comme ça on va pouvoir tout recommencer ! L'humanité, je veux dire. On va pouvoir tout recommencer !

– Ouais, t'as raison, c'est cool, dit Jonquille.

Et elle cracha son chewing-gum.

LES REMPLAÇANTS

Johan Héliot

Toute la classe s'est levée à l'entrée de Prédator, comme si chaque élève avait été propulsé par un ressort dissimulé sous sa chaise.

Le principal a esquissé un sourire de satisfaction. Puis il a congédié Steph d'un geste. Le surveillant a refermé son bouquin et s'est éclipsé sur la pointe des pieds. Il nous avait pris en charge depuis le début de l'heure en l'absence du prof d'histoire. En sortant, il a croisé celui qui se tenait dans l'encadrement de la porte et détourné le regard.

– Vous pouvez vous asseoir, a attaqué Prédator. Voici monsieur Androï, a-t-il ajouté en désignant l'inconnu sur le seuil. Le remplaçant de monsieur Ravier. Il assurera les cours d'histoire-géographie jusqu'à la fin de l'année.

Toutes les têtes se sont tournées vers le nouveau venu. On aurait entendu une mouche voler, s'il s'en était trouvé une assez téméraire pour se livrer à des acrobaties aériennes devant Pellato.

– Entrez et présentez-vous, a repris ce dernier.

Le remplaçant s'est exécuté. Il avait les traits figés. Il devait s'agir de son premier poste et Prédator l'impressionnait sûrement autant que nous.

Il a rejoint le bureau d'une démarche un peu raide. En passant devant le tableau, il s'est emparé d'une craie et a tracé son nom en capitales calibrées à la perfection. Aucune lettre ne dépassait d'un millimètre sa voisine. Ma parole, il avait dû s'entraîner pour ne pas rater son coup et produire son petit effet !

– Bonjour à toutes et à tous, élèves de troisième C, a-t-il déclamé d'un ton neutre. Je suis votre nouveau professeur d'histoire et de géographie. Mon rôle consiste à enseigner le programme adapté à votre niveau. Aucun d'entre vous ne quittera cet établissement sans disposer des connaissances requises.

J'ai échangé un bref coup d'œil avec Norbert, mon voisin de table. Qu'est-ce que c'était que ce zigoto ?

Norbert a haussé les épaules, puis rabaissé le nez vers le sol. En présence de Prédator, le petit génie scientifique de la classe perd tous ses moyens. Il est total accro à Émilie, la fille du principal, et redoute par-dessus tout que ce dernier l'apprenne.

Il ignore bien entendu que son secret n'en est plus un, mais c'est une autre histoire...

J'ai reporté mon attention sur le remplaçant. Une vraie caricature de prof de collège, avec ses fringues informes dénuées de la moindre marque, achetées sans doute sur catalogue, et sa coupe d'une tristesse à pleurer, la raie bien nette sur le côté. Je l'imaginais collectionner les timbres ou les pièces de monnaie, construire des puzzles géants et compléter son arbre généalogique entre deux corrections de copie, le soir, chez lui. L'éclate totale, quoi.

– Bien, a fait Prédator. Je vous laisse entre d'excellentes mains. Au travail, à présent !

On s'est relevés d'un bond pour saluer la sortie du principal. Puis, une fois la porte claquée derrière lui, on a attendu la réaction de M. Androï.

Les premières secondes entre un prof et sa classe déterminent le rapport de force pour le reste de l'année. S'il se montrait trop faible, le remplaçant allait se faire bouffer tout cru ; trop vache, il serait craint mais détesté et l'ambiance s'en ressentirait. L'idéal consistait en un habile dosage d'autorité et de coolitude. Un véritable travail d'expert, un truc de maître zen, assez rare pour être remarqué.

Je dois avouer que le remplaçant ne nous a pas déçus. Il a procédé à l'appel, citant chaque nom et prénom en fixant l'élève concerné droit dans les yeux, sans ciller ni consulter le cahier de la classe. Les profs les plus aguerris réalisent rarement un tel exploit. Alors, un petit nouveau à peine débarqué…

– Vous pouvez adopter une position plus confortable, inutile de rester debout, a conclu M. Androï.

On était tellement scotchés qu'on avait oublié de se rasseoir !

Marjorie, la déléguée, a alors osé lever la main.

– Vous avez la parole, mademoiselle.

– Qu'est-ce qui est arrivé à monsieur Ravier ?

– Votre ancien professeur a été remplacé, a logiquement répondu le remplaçant.

– Euh, d'accord, mais pourquoi ?

– Parce qu'il est une version obsolète d'enseignant.

Marjorie a froncé les sourcils. Il m'a fallu quelques instants pour décrypter le sens de la réponse. Ok, Ravier a ses mauvais côtés, il lui arrive de se moquer de certains cancres, mais à quoi rimait cette histoire d'obsolescence ?

Je connaissais le terme, employé pour désigner des objets techniquement dépassés, trop vieux, bref ringards. Ravier n'était plus tout jeune, mais quand même…

La déléguée n'a pas insisté. Elle s'est rassise et le cours a débuté. Comme d'habitude, j'observais avec attention le comportement des uns et des autres – la curiosité étant dans ma nature.

On planchait sur la crise de 1929 et ses répercussions dans le monde. Pas vraiment excitant comme programme. Sauf qu'une fois encore, le remplaçant nous a épatés.

Pour cela, il n'a pas eu besoin d'utiliser les artifices habituels. Ni manuel, ni vidéo, ni rien de ce genre. Non, M. Androï s'est contenté de nous raconter les événements. Suspendus à ses lèvres, sous le charme, nous l'avons écouté avec la plus grande attention.

Quand la sonnerie a retenti, un soupir unanime s'est élevé au plafond de la salle. Jamais un cours ne nous avait paru si passionnant et on regrettait tous qu'il soit déjà fini.

Ça n'était vraiment pas normal du tout.

Le midi, au réfectoire, j'ai tendu l'oreille avec encore plus d'attention qu'à l'ordinaire pour capter les conversations de mes camarades. Je me suis rendu compte que le remplaçant de Ravier avait fait forte impression sur d'autres classes, également.

D'habitude, la pause méridienne (le déjeuner, dans le jargon de la direction) est l'occasion pour les élèves de débiner leurs profs – et pour moi de tout consigner. Ce jour-là, l'exact contraire s'est produit. M. Androï a carrément été placé sur un piédestal.

Je n'étais pas le seul à guetter les réactions à son sujet. Prédator rôdait dans les parages.

Le principal venait de temps en temps contrôler le bon déroulement du repas. Mais au lieu de rester planté au bout de la chaîne du self-service, il a arpenté les allées entre les grandes tablées, ralentissant quand il passait à hauteur d'un groupe engagé dans une conversation d'où surgissait le nom du remplaçant. Il s'éloignait ensuite avec un drôle de sourire.

Il se tramait quelque chose de vraiment pas net, j'en avais l'intime conviction. Une fois mon dessert expédié, j'ai entraîné Norbert à part dans un coin tranquille de la cour de récré pour lui faire part de mes soupçons. Il m'a écouté avec attention, mais n'a pas pu s'empêcher de se moquer :

– Tu débloques, vieux. Un complot ? Et puis quoi, encore ? Une invasion d'extraterrestres ? Tu lis trop de science-fiction !

Sur ce dernier point, je ne pouvais pas lui donner tort. Les bouquins de SF sont mon péché mignon. Mais on s'éloignait du sujet.

– Je dis juste qu'il se passe quelque chose de louche avec le remplaçant. Il n'y avait pas un bruit pendant son cours, pas même un chuchotement. Quand as-tu déjà assisté à pareil miracle ?

Norbert n'a pas fait mine de réfléchir longtemps.

– Jamais, a-t-il avoué. Un cours sans le boxon, c'est comme un ordi sans bug, ça n'existe que dans les rêves les plus fous !

– Exactement. Je ne sais pas comment il s'y est pris, mais Androï nous a manipulés. Hypnotisés, peut-être.

– Pour la bonne cause, a nuancé Norbert. Maintenant je sais tout ce qu'il faut savoir sur la crise de 1929. Si le sujet tombe au brevet, je vais cartonner. Je nc vais pas m'en plaindre.

Il marquait un point. Qui souhaitait demeurer ignorant ? Certainement pas moi. Mais je préférais choisir ma méthode d'apprentissage. Je n'avais pas envie qu'on force les portes de mon esprit pour y déposer des connaissances sans mon consentement. Ce n'était rien d'autre qu'un viol mental.

J'ai donc insisté :

– Rends-moi un service, s'il te plaît. Jette un œil sur le serveur du bahut et dégotte-moi le dossier du remplaçant.

– Si ça peut te rassurer…

Il avait l'air de se faire prier, mais Norbert adorait se balader incognito dans les zones privées du Net. Dès notre rencontre, en début d'année, nous avions sympathisé et il m'avait mis au parfum. En fait, ça n'avait pas été difficile de lui tirer les vers du nez ! Je suis plutôt doué à ce petit jeu… Bref, Norbert avait piraté le système informatique du bahut en cinquième, pour le simple plaisir de la performance. Comme tout vrai hacker, l'exploit technique le motivait, pas la volonté de détruire des données.

– Laisse-moi cinq minutes, a-t-il ajouté en tirant de son sac l'ordinateur portable qu'il avait lui-même bricolé à partir d'éléments de récupération. Fais le guet, tu veux ? Préviens-moi si un pion se ramène.

Je me suis positionné de façon à embrasser la cour entière du regard. Accroupi dans mon dos, Norbert s'est mis à pianoter. Dans ces moments-là, je savais que rien ne pouvait le perturber.

– Mission accomplie, a-t-il triomphé au bout d'à peine deux minutes. Le pare-feu du bahut est une insulte à l'intelligence.

– OK, je te crois. Fais-moi voir.

Je me suis installé à ses côtés pour consulter le fichier tandis que Norbert surveillait à son tour les environs.

Le dossier de M. Androï ne m'apprenait rien que je ne savais déjà. Professeur remplaçant, notre collège était sa première affectation. Son adresse personnelle n'apparaissait pas, non plus que les renseignements usuels, numéro de sécu et autres. Plus bizarre encore, en guise de prénom, une simple lettre : D.

Daniel ? David ? Donald ? Donatien ?

Bon, inutile de s'égarer…

– Tu es sûr qu'il n'y avait rien d'autre ?

Norbert m'a renvoyé un regard outragé.

– Tu causes à un pro, le meilleur hacker en ville, mon pote !

– Désolé.

Il m'est alors venu une idée.

– Et Ravier ? Si on parvenait à le contacter, il pourrait nous rencarder.

– Compris.

Norbert s'est remis au travail. Cette fois, il lui a fallu moins d'une minute pour accéder aux données concernant notre ex-prof d'histoire.

Le dossier semblait complet. La dernière modification remontait à la veille. Elle concernait le changement d'affectation de Ravier.

On ne l'avait pas envoyé dans un autre bahut, mais au Centre de Remise À Niveaux des Enseignants – le CRANE !

Par acquit de conscience, j'ai composé le numéro de Ravier sur mon portable. Je suis tombé sur sa boîte vocale. Cela ne m'a pas étonné. Je n'ai laissé aucun message.

Je commençais à entrevoir l'énormité du complot ourdi par la direction. J'avais l'impression de basculer dans un univers digne des meilleurs romans de science-fiction, quand le héros soulève le voile de la réalité pour contempler ce qui se dissimule derrière. Et ça me terrorisait autant que ça m'enthousiasmait.

J'ai mûri mon plan dans l'après-midi, pendant le cours de maths. Je devais agir vite, avant qu'*ils* se multiplient…

Qui ? Mais les remplaçants, évidemment !

J'avais assez lu de bouquins sur le sujet pour deviner leur stratégie. Ils allaient peu à peu prendre le contrôle du collège, puis des autres bahuts de la ville, de l'académie et enfin du pays. Bientôt, des centaines de milliers d'élèves, peut-être des millions, seraient en leur pouvoir. Qu'est-ce qui pourrait alors les empêcher de conditionner toute une génération ? De lui bourrer le crâne d'idées contraires à ses aspirations ?

Je sais que ça ressemble à un délire paranoïaque. Mais vous connaissez le proverbe : « *Même les paranos ont vraiment des ennemis*[1]. »

Je devais absolument en avoir le cœur net. Il me fallait réunir des preuves avant de dénoncer la conspiration. J'en accumulerais certainement en observant les agissements du remplaçant. D'après l'emploi du temps figurant dans son dossier, il terminait aujourd'hui ses cours à 17 heures.

D'ici là, j'ai compté chacune des minutes qui défilaient à l'horloge au-dessus du tableau avec une lenteur exaspérante. Quand a enfin sonné l'heure de la délivrance, je me suis précipité en direction de la salle d'histoire-géo.

1. Citation de Roland Topor (dessinateur, écrivain, scénariste).

Je suis arrivé juste à temps pour voir Androï verrouiller la porte et s'éloigner de son pas aussi régulier que le cadencement d'un métronome.

Je l'ai filé avec la plus grande discrétion possible. Les couloirs étaient heureusement envahis par une horde mugissante d'élèves pressés de fuir le collège. Le remplaçant ne s'est pas retourné une seule fois. Il n'a même pas ralenti en passant à hauteur de la salle des profs et a continué tout droit.

Curieux… Le parking du collège se situait à l'exact opposé. Où diable le remplaçant m'entraînait-il ? De ce côté, on rejoignait les bureaux de la direction et la partie privative de l'établissement – les logements de fonction du principal et de l'adjoint.

J'ai d'abord songé qu'Androï venait rendre compte de sa première journée à M. Pellato. Mais quand il a repoussé le battant du sas d'accès aux appartements, j'ai compris mon erreur. Pendant quelques secondes, je suis resté à contempler le panneau de sens interdit qui ordonnait aux élèves de ne pas outrepasser cette limite. Puis je me suis décidé.

Coup d'œil à gauche, coup d'œil à droite : personne en vue. J'ai poussé le battant à mon tour et pris soin de le retenir pour éviter qu'il ne se referme en claquant derrière moi.

Je me trouvais à présent en territoire hostile, en plein cœur du domaine de Prédator. Un faux pas, et je risquais de regretter amèrement mon audace. Mais je brûlais de découvrir le secret du principal et de révéler au monde son incroyable manigance.

Je me suis donc engagé dans la volée d'escalier à pas de loup. Je percevais le claquement des talons du remplaçant sur le revêtement de faux marbre, amplifié par l'écho de la cage, un étage plus haut.

Quand le silence est retombé d'un coup, je me suis immobilisé, les sens aux aguets. Androï m'avait-il repéré ? Je m'apprêtais à dévaler les marches quatre par quatre, mais j'ai été rassuré en entendant le déclic d'une serrure.

Tout est alors devenu clair pour moi. Je me suis traité mentalement d'idiot. Comme beaucoup d'autres remplaçants, M. Androï arrivait sûrement d'assez loin ; au lieu de perdre son temps et son argent dans les transports, on avait dû l'autoriser à occuper un des studios du collège, réservés aux étudiants et professeurs étrangers qui intervenaient parfois en cours de langue.

En y réfléchissant, avec un nom pareil M. Androï était sans doute originaire d'un pays de l'Est. Cela expliquait son usage particulier de notre langue ainsi que l'absence d'adresse dans son dossier, puisqu'il était officiellement domicilié sur le lieu même de son affectation. Et quant à sa méthode d'enseignement peu orthodoxe, elle témoignait seulement d'une pratique différente mais ô combien efficace !

Je me faisais l'effet d'un parfait imbécile avec mes histoires de complot. Promis, j'allais mettre un sérieux frein à ma consommation de science-fiction avant qu'elle me conduise à l'asile.

J'ai fait demi-tour et me suis heurté à Prédator.

Le principal dardait le feu glacial de son regard droit dans le mien. Je ne l'avais pas entendu approcher. Et il ne semblait pas disposé à me céder le passage.

– Vous me décevez énormément, a-t-il lâché d'un ton d'autant plus menaçant qu'il n'exprimait aucune émotion.

Curieusement, je n'avais pas peur. Je ne ressentais d'ailleurs rien de particulier.

– Pourquoi ? ai-je demandé.

– Parce que vous avez désobéi aux instructions, a répondu Pellato sans lâcher mon regard.

Songeant au panneau de sens interdit, sur la porte du sas, je n'ai pas pu m'empêcher de répliquer :

– Je sais que je n'ai pas le droit d'être ici, mais ce n'est pas si grave.

– Je ne parle pas de ça, a éludé Prédator. Encore que j'aurais apprécié vous voir respecter le règlement de notre établissement comme n'importe quel élève normal.

N'importe quel élève normal... Qu'est-ce que ça voulait dire ?

– Vous ne comprenez visiblement pas, a continué le principal. Je suppose que cela dépasse vos compétences.

Il a poussé un soupir.

– Après tout, vous n'êtes encore qu'un prototype. Il sera toujours possible d'améliorer votre nouvelle version.

Avant que j'aie pu ouvrir la bouche pour lui demander à quoi il faisait allusion, Prédator avait refermé les crochets de ses mains autour de mon cou et s'était mis à serrer, à serrer...

Ma vision se brouillait peu à peu, ainsi que mes pensées.

Puis ç'a été le noir complet, à l'exception d'un ultime message qui défilait en boucle :

ARRÊT EN COURS – VEUILLEZ NE PAS INTERROMPRE LA PROCÉDURE – ARRÊT EN COURS – VEUILLEZ NE PAS

M. Pellato avait trouvé l'interrupteur sans difficulté. Comme sur le modèle adulte, il était dissimulé au creux de la nuque, sous une mèche de cheveux, et ressemblait à un banal point noir.

L'AdroïD – combinaison d'adolescent et d'androïde – s'était figé au milieu de l'escalier, telle une statue de plastique et de métal imitation chair.

Une parfaite imitation, il fallait bien l'avouer. Si on ne connaissait pas sa véritable nature, rien ne permettait de la deviner au premier coup d'œil. Pas plus qu'au second, d'ailleurs.

Le principal ne pouvait pas manœuvrer seul la machine d'apparence humaine. Il appela donc Androï-D à l'aide. Ce dernier n'eut aucune difficulté à soulever et transporter son « petit frère » jusqu'au local aménagé dans le studio, à l'étage. Puis, docile, il regagna son fauteuil et repassa en mode veille.

M. Pellato composa alors sur son portable le numéro qu'on lui avait fourni en cas de problème.

– *Assistance technique du CRANE, que puis-je pour votre service ?*

En quelques mots, le principal exposa la situation.

– *Ah, je vois, encore un bug avec le modèle AdroïD. Vous n'êtes pas le premier, de nombreux proviseurs se sont déjà plaints de leurs élèves-espions. Le problème vient de leur trop grande capacité d'adaptation aux stimuli intellectuels. Comme vous le savez, ils sont programmés pour intégrer un maximum d'informations, afin de vous tenir au courant de tout ce qui se passe autour d'eux. Pour ça, ils ont besoin de se comporter en élèves normaux. Ils partagent donc les activités des autres adolescents. Certains se mettent au sport et ne posent aucune difficulté. Mais d'autres deviennent de grands lecteurs et commencent à réfléchir, dans les limites de leur programmation.*

Ceux-là ont du mal à différencier la réalité de la fiction, qui demeure pour eux une notion abstraite. Ils finissent toujours par disjoncter. Il leur vient de drôles d'idées... Mais ne vous en faites pas, votre AdroïD est encore sous garantie. Nous allons procéder à un échange dans les meilleurs délais.

Soulagé, M. Pellato remercia son interlocuteur.

– *Je vous en prie, le* CRANE *est à votre service. Et sinon, êtes-vous satisfait de votre Androï-D ?*

– Absolument. Un professeur compétent, qui maîtrise son programme, ne tombera jamais malade, ne contestera pas mon autorité et n'aura aucune revendication. Je n'aurais pas pu rêver mieux.

– *En effet. Si l'expérience s'avère toujours concluante à la fin de l'année, le ministère lancera la phase deux sur trois de son programme* SPA. *Nous serons en mesure de vous affecter d'autres remplaçants aussi performants à la rentrée prochaine.*

– J'en serai ravi ! Mais vous parlez d'une troisième phase du programme ? De quoi s'agit-il ?

– *Vous n'êtes pas encore au courant ? Vous n'avez pas reçu la circulaire ? Le programme* SPA *ne concerne plus seulement les enseignants, comme l'indique son nouvel intitulé : Substitution Pédagogique et Administrative.*

– Je ne suis pas sûr de comprendre, balbutia Prédator, qui commençait pourtant à entrevoir l'horrible vérité.

– C'est pourtant clair ! Après les profs, ce sera le tour des proviseurs et principaux. Vous êtes les prochains sur la liste !

ALTER EGO

Colin Thibert

Le jour de ses quinze ans, Lionel fut invité à s'asseoir dans le magnifique fauteuil en ronce de zamier habituellement dévolu aux clients du cabinet Bernaudet. Il se demanda si son père allait également lui proposer un cigare, mais ce dernier se contenta de déclarer d'un ton solennel :

– Lionel, tu atteins aujourd'hui l'âge de la majorité légale... Il est temps pour toi de connaître le secret des Bernaudet !...

– Un secret ? Super !

– Ne m'interromps pas, quand je parle ! Un secret, disais-je, dont je suis certain que tu feras le meilleur usage ! Ainsi que ton grand-père et moi-même l'avons fait avant toi...

– Pas de problème, p'pa.

Maître Bernaudet jeta un regard oblique à son fils et soupira longuement avant de poursuivre :

– Tel que tu me vois, je devrais être mort plusieurs fois !

– Comment cela ?

– Tu te souviens de mon accident de chasse ?

Comment ne pas s'en souvenir ! À chaque repas de famille, le notaire ressassait l'histoire dans ses moindres détails : la manière dont le fusil s'était enrayé, le buffle qui fonçait sur lui les naseaux écumants, son réveil dans un lit d'hôpital…

– J'ai survécu, en plus, à un virus rarissime et à un grave problème cardiaque ! Et sais-tu pourquoi, mon garçon ?

– Parce que tu as eu de quoi te payer de bons médecins.

– Pas seulement, Lionel, pas seulement ! J'ai survécu parce que j'avais en réserve les organes qu'il fallait !

– Comment ça « en réserve » ?

Maître Bernaudet toussota.

– Lionel… Tu as déjà entendu parler des clones, je suppose ?

– Oui. L'an dernier, en cours d'éducation civique. Il est rigoureusement interdit d'en posséder ou d'en élever !

– D'accord, d'accord… Ce n'est pas tout à fait légal… Mais tu préférerais peut-être que je sois mort pour respecter la loi ?

À une telle question, on ne peut répondre que : « Non, bien sûr ! » Ce que fit Lionel.

– Si nous n'avions pas chacun nos clones, Lionel, ta maman ne paraîtrait pas aussi jeune et ton oncle Frédéric n'aurait survécu ni à la bouteille ni à tous ses accidents d'auto ! Tu es d'accord que ça vaut bien une ou deux petites entorses à la loi, non ?…

Lionel en convint. Son père lui révéla que dès sa naissance, un Lionel-bis avait été élevé parallèlement à lui dans un laboratoire discret, prêt à fournir organes et tissus compatibles au moindre pépin. En cas de nécessité, un ou plusieurs autres clones pouvaient également être développés en croissance accélérée, à partir des cellules souches de Lionel, conservées dans l'azote liquide.

– Tu te doutes bien que tout cela me coûte – c'est le cas de le dire –, la peau des fesses ! conclut son père. Mais peut-on imaginer meilleur investissement ?

Lionel fut choqué d'apprendre que son père profitait de sa fortune pour tourner la loi. Il fut surtout troublé par le fait qu'il existait, quelque part, dans un mystérieux laboratoire, un autre lui-même.

– Ce clone, c'est moi ? finit-il par demander à son père.

– C'est une copie conforme de toi. Mais ce n'est pas toi, évidemment.

– À quoi on voit la différence ?

– On ne la voit pas. Mais tu es toi, Lionel Bernaudet, lui, ce n'est qu'un clone. Une réserve de pièces de rechange, si tu préfères.

– Une réserve vivante.

– Évidemment, vivante.

– Mais alors ce clone, il pense ?

– Ce que tu peux être fatigant avec tes questions ! explosa maître Bernaudet. Qu'il pense ou non, ça change quoi ? Tout ce qu'on lui demande, c'est d'être en parfaite santé !

Dès lors, Lionel n'eut de cesse de rencontrer son clone. Son père s'y opposa. On courait le risque de s'attacher à ce faux jumeau, ce qui compliquait la situation le jour où l'on avait besoin d'organes frais.

– Alors il ne fallait pas m'en parler ! s'indigna Lionel.

– Je te pensais assez mûr pour comprendre la chance exceptionnelle qui est la tienne !

– La maturité n'empêche pas la curiosité.

Ils prirent la route un matin très tôt, en direction de l'est. Après une heure d'autoroute, maître Bernaudet coupa le pilote automatique de la voiture et le GPS, par précaution.

– Mémorise bien l'itinéraire, dit-il à son fils. Si un jour tu devais revenir sans moi…

– Qu'est-ce que tu risques, p'pa ? Avec ton clone !

– Je ne suis pas immortel pour autant, Lionel.

Ils traversèrent une forêt transgénique : des sapins symétriques et sans défauts, à l'infini. Du bois de charpente sur pied. À droite de la route, à l'entrée d'un chemin de terre, un panneau indiquait : *Ferme de Bois-Colombier.*

– On arrive, dit maître Bernaudet.

La ferme comprenait plusieurs bâtiments bas, coiffés de tôle, un château d'eau, des silos métalliques et un tas de fumier malodorant de la taille d'un terrain de foot.

– On dirait une porcherie industrielle ! s'exclama Lionel, déçu.

– C'est une porcherie industrielle.

Un employé rougeaud, en bleu de travail, chaussé de bottes en caoutchouc, les accueillit. Il s'inclina obséquieusement devant eux en déclarant : « Ravi de rencontrer le fils de maître Bernaudet ! » Lionel soupçonna son père de le gratifier de généreux pourboires. L'homme les précéda à travers une cour et les fit entrer dans une porcherie. Des centaines de porcelets roses se disputaient les tétines artificielles d'un système d'alimentation. En dépit des puissants ventilateurs qui tournaient au plafond, l'air parut irrespirable à Lionel.

Au fond de la porcherie, l'homme aux bottes pianota une suite de chiffres sur un digicode discret. Un pan de mur coulissa, dévoilant un laboratoire immaculé où travaillaient quelques chimistes. Un homme vint à leur rencontre.

Mince, barbu, compétent. Le badge épinglé à sa blouse blanche annonçait : *Dr Pierre Cornillaz.*

Le docteur leur présenta le bulletin de santé des clones familiaux. Tout allait bien, rien à signaler. Maître Bernaudet lui établit le chèque de pension trimestriel et sollicita la faveur de faire visiter la « clonerie » à son fils.

Le local était identique à celui qui abritait les porcs : même paille au sol, même système de ventilation. Les clones, mâles et femelles, disposaient cependant de box individuel dans lesquels ils reposaient, apathiques et nus. Pour se nourrir, il leur suffisait de presser dans leur bouche l'extrémité d'un tube qui dispensait une ration équilibrée en vitamines, protéines et minéraux, assaisonnée d'une généreuse pincée de neuroleptiques pour assurer le calme dans la « clonerie ». Au passage, Lionel reconnut les clones d'un ou deux amis de ses parents : le secret était donc largement partagé dans leur petit cercle.

– Et pour les distraire, osa-t-il demander au médecin. Vous faites quoi ? Vous leur mettez la télé ?

Le Dr Cornillaz répliqua sèchement :

– Pour se distraire, ils ont leur pneu.

Dans chaque box, en effet, un gros pneu était suspendu à l'extrémité d'une chaîne. Certains clones s'en servaient pour se balancer, inlassablement.

– Ils n'ont pas besoin d'autre chose ! assura le médecin.

Lionel éprouva une impression étrange en découvrant son double : c'était lui, sans être lui. C'étaient son visage et sa silhouette privés de l'étincelle qui faisait qu'il était Lionel Bernaudet. C'était un terne reflet, une pâle copie, un ersatz…

– Tu vois ce que je t'avais dit ! triompha maître Bernaudet. Rien n'est plus décevant qu'un clone. Si tu cherches un gentil compagnon, adopte plutôt un chien !

Après cette visite, Lionel fut hanté par le souvenir de son clone. Sans cesse, il revoyait ses yeux vides et son visage sans expression. L'idée qu'on élevât un garçon pour ses organes comme un porc pour sa viande le révoltait. Maître Bernaudet assurait que les clones n'étaient pas tout à fait des êtres humains. Comment pouvait-on l'affirmer ? En quoi consistait ce « pas tout à fait » ? N'était-ce pas un moyen pratique de nier une situation révoltante ?

Lionel aurait aimé parler des questions qui le rongeaient avec quelqu'un. Mais comment faire, sans trahir le secret familial ? Il souffrait du sort réservé à son clone mais ne voulait pas non plus voir son père en prison…

Il résolut le dilemme en choisissant de libérer lui-même son clone : il lui offrirait des chances égales aux siennes, il en ferait un homme à part entière. Son frère. Qu'importe ce que dirait son père : lié par le secret, il ne pourrait s'y opposer.

Jour après jour, Lionel mûrit un plan d'évasion. Il attendit que son père fût en voyage d'affaires pour passer à l'action. En moins de deux heures, sa moto l'emmena à proximité de la ferme. Le jeune homme emportait, dans son sac à dos, les outils nécessaires à son expédition ainsi que des vêtements sombres destinés au clone. Lui-même avait pris soin de s'habiller de noir des pieds à la tête. Il attendit la tombée de la nuit pour approcher des bâtiments. Tout était tranquille, pas un employé en vue. On n'entendait que le ronflement ténu de la ventilation. Tapi derrière une citerne de propane, Lionel laissa passer une heure avant de se décider.

La serrure de la porcherie ne résista pas très longtemps à son couteau-laser, cadeau de son père pour ses treize ans. Lors de sa première visite, il avait mémorisé le code d'accès de la « clonerie ». Le panneau coulissa devant lui sans un bruit. Les clones dormaient, roulés en boule dans la paille. Il se demanda s'ils rêvaient.

Il repéra le box de son double et se glissa à l'intérieur. Il ignorait si la réaction de Lionel-bis en le découvrant serait agressive, passive ou proche de la panique… Lorsqu'il braqua le mince faisceau de sa torche bionique sur le visage de son alter ego, Lionel était paré à toute éventualité sauf à voir le local s'illuminer d'un seul coup et à entendre une voix synthétique clamer : « Sortez immédiatement les mains sur la tête ! Je répète : sortez immédiatement, les mains sur la tête ! »

Lionel jugea prudent d'obéir. Son père contribuait largement à faire vivre ce Dr Cornillaz, il ne risquait finalement pas grand-chose. Sous le regard atone de son clone, il mit les mains sur la tête et enjamba la barrière du box.

– Je suis le fils de maître Bernaudet ! Nous nous sommes déjà rencontrés ! précisa Lionel tandis que l'homme aux bottes le poussait sans ménagement vers les appartements du Dr Cornillaz.

– Ta gueule !

L'employé tenait dans sa main droite une matraque électrique et paraissait impatient de s'en servir. D'une poussée brutale, il envoya Lionel rouler aux pieds du divan où reposait le médecin.

– Je me plaindrai à mon père ! hurla Lionel. Vous n'avez pas le droit !

– Tu n'avais pas le droit non plus de t'introduire dans la « clonerie », objecta le docteur d'une voix douce. Sur la bande vidéo de surveillance, on te voit clairement crocheter la serrure…

– D'accord, d'accord. Mais c'était pour la bonne cause.

– C'est-à-dire ?

– Je voulais libérer mon clone !

Le médecin rit doucement.

– Le libérer de quoi, jeune homme ?

– Eh bien de… de la vie horrible que vous l'obligez à mener ! Une vie d'animal de zoo !

Cette fois, le Dr Cornillaz rit franchement :

– Mais mon pauvre garçon, ton clone est mille fois plus heureux que toi !

– C'est vous qui le dites !

– Réfléchis un peu ! Il est nourri, soigné, et choyé, poursuivit le médecin. Il est rigoureusement libre de son temps, personne ne l'oblige à aller à l'école, à étudier des matières aussi barbantes que les mathématiques ou la chimie, à pratiquer des sports épuisants ou même à manger proprement… Il ignore l'esprit de compétition, l'envie, la jalousie, les tourments de l'amour, et il ne sait même pas qu'il va mourir un jour ! Si ce n'est pas le bonheur, ça !

Là-dessus, le médecin ordonna à l'employé d'enfermer Lionel à la cave. Un petit séjour dans le froid et l'obscurité lui ferait passer le goût de l'effraction.

En dépit de ses protestations véhémentes, Lionel fut enfermé dans un réduit aveugle. Une fois par jour, l'homme aux bottes lui apportait du pain rassis, des trognons de chou, et remplaçait le seau hygiénique plein par un vide.

– Je suis sûr que les porcs sont mieux traités ! protestait Lionel.

L'employé avait pour consigne de ne pas lui parler. Il se contentait de le menacer avec sa matraque.

Livré toute la journée à ses seules pensées, le prisonnier eut amplement le loisir de méditer les propos du Dr Cornillaz, et il commença à leur trouver un fond de vérité. Lionel, en effet, détestait l'école depuis toujours, les maths et la chimie par-dessus tout. Il abhorrait le sport en général, la compétition en particulier. Depuis peu, il se désolait de ne pas plaire aux filles qui l'attiraient, et jalousait secrètement les succès de ses camarades... Alors une idée prit forme dans son esprit. Une idée plutôt biscornue...

– Mon pauvre petit ! C'est affreux !

Lionel reposait dans la blancheur des draps, les yeux clos, à peine plus pâle que d'habitude. À son chevet, Mme Bernaudet pleurait et se tordait les mains. Maître Bernaudet, lui, s'efforçait de conserver un maintien digne. Il était rentré précipitamment de voyage en apprenant que son fils avait été victime d'un accident de moto. Le Dr Cornillaz n'avait pu intervenir car aucun organe essentiel n'avait été touché, à l'exception du seul qu'il fût impossible de remplacer : le cerveau.

– Tu crois que notre petit Lionel va rester idiot ? demanda Mme Bernaudet à son mari.

– Pas idiot, non… Mais tu as entendu les médecins comme moi : il sera contraint de repartir pratiquement à zéro ! Il devra apprendre, ou plutôt, réapprendre à parler, à lire, à écrire… Il nous faudra des trésors de patience !

– Nous les aurons ! Lionel est notre fils unique, nous lui avons toujours donné ce qu'il y avait de mieux ! Il redeviendra ce qu'il était ! Et même mieux ! affirma Mme Bernaudet.

Portant tendrement à ses lèvres la main de son fils inconscient, elle ajouta :

– Tu vas t'en sortir, mon chéri ! Tu vas t'en sortir !

Dans la paille de son box, Lionel ouvrit les yeux. Il avait merveilleusement dormi. Il s'étira, se gratta longuement et porta à sa bouche l'embout du tuyau d'alimentation. Une bouillie tiède, sucrée et parfumée, lui emplit l'estomac. C'était délicieux.

Il se sentait bien. Il ne pensait à rien. Il rota et sourit au Dr Cornillaz qui faisait sa ronde.

Puis, d'un bond, il sauta sur le pneu et commença à se balancer.

L'AMI QU'IL TE FAUT

Johan Héliot

– Celui-ci est mignon comme tout, fit la mère d'Eddy en pointant l'index sur l'occupant de la cage située au bout de la rangée. Il a une bonne bouille, non ? Qu'en penses-tu, mon chéri ?

– Bof, répondit Eddy. Je sais pas trop. Il est un peu grassouillet…

– C'est vrai qu'il se porte bien, reconnut sa mère. Il doit manger comme quatre, un véritable glouton !

Un vendeur traînait à portée d'oreille. Il saisit l'occasion pour faire son numéro :

– Nos articles sont en parfaite santé, ils manquent juste d'exercice.

Il se pencha sur Eddy pour ajouter, avec un sourire forcé qui dévoilait une denture trop parfaite pour être naturelle :

– Dès qu'il aura l'occasion de courir dans ton jardin, fiston, je te garantis qu'il retrouvera la ligne. Vous deviendrez vite inséparables, tous les deux. C'est vraiment l'ami qu'il te faut.

Eddy était presque convaincu.

– Et il m'obéira ? demanda-t-il.

– Au doigt et à l'œil, fiston. Satisfait ou remboursé !

– Alors, mon chéri, ajouta la mère d'Eddy, tu le veux, oui ou non, ce nouvel ami ?

Pendant que sa mère réglait l'achat, Eddy admirait son cadeau d'anniversaire, emballé dans une boîte de plastique transparent percée de petits trous pour laisser passer l'air.

Son nouvel ami affichait un sourire béat. Avec sa tunique blanche, ses boucles blondes et ses joues potelées, on aurait dit un chérubin tout droit tombé du ciel. En revanche, nulle lueur d'intelligence ne brillait dans le fond de ses yeux. Il avait le regard vide, terne – en un mot : éteint.

Eddy craignit de s'être fait refiler un parfait idiot, mais le vendeur le rassura quand il lui remit la télécommande :

– Pour d'évidentes raisons de sécurité et de tranquillité, dit-il, nos articles sont réglés en mode « économie » tant qu'ils restent exposés en magasin. Mais dès que tu auras franchi nos portes, tu pourras modifier le réglage. C'est très simple, il suffit de sélectionner un des trois modes programmés : éco, actif intérieur et actif extérieur. Tu peux même varier l'intensité grâce au bouton +/–. Un véritable jeu d'enfant. Amuse-toi bien !

Eddy le remercia, puis accompagna les employés qui chargèrent le colis dans le coffre du monospace familial.

– Comment vas-tu l'appeler ? demanda sa mère, une fois au volant.

– Je ne sais pas encore, avoua Eddy. Fido, peut-être. Ou alors Max. Je dois absolument lui donner un nom ?

Il avait réclamé qu'on lui achète cet ami autant par curiosité que pour rendre jaloux les élèves de sa classe, dont les parents étaient trop pauvres pour leur offrir un jouet pareil. Eddy ne s'était pas rendu compte qu'il lui faudrait le baptiser.

– Il vaut mieux, d'après le vendeur. Ton ami obéira plus facilement s'il connaît son nom. Il apprendra aussi à reconnaître ta voix, celle de son maître.

La voix de son maître ! Voilà qui plaisait à Eddy. Finalement, il allait bien s'amuser avec son cadeau.

– Mais attention, le prévint sa mère, tu devras t'en occuper. Assumer tes responsabilités, tu comprends ? Le nourrir et veiller à ce qu'il demeure propre.

– Oui, m'man, promit Eddy au moment où la voiture s'engageait sur l'avenue De Gaulle.

De vagues souvenirs de cours d'histoire affleurèrent l'esprit du garçon.

– Je sais comment l'appeler, annonça-t-il en se retournant vers le compartiment arrière pour contempler son acquisition.

Le sourire de l'angelot n'avait pas varié d'un iota. Son regard fixe croisait celui de son petit maître, sans ciller, quand ce dernier reprit :

– Salut, Charly !

Arrivé à la maison, Eddy n'eut pas la patience d'attendre le retour de son père pour qu'il l'aide à décharger son jouet. Il sélectionna le mode « actif extérieur » et ordonna à Charly de sortir de sa caisse de transport par ses propres moyens.

Celui-ci s'exécuta avec des gestes gauches. Il était tellement comique ! On aurait dit un chiot effectuant ses premiers pas dans le vaste monde. C'était d'ailleurs le cas, si l'on considérait qu'il n'avait connu jusqu'à présent que les rayons du magasin et le laboratoire où il était né.

– Suis-moi, intima Eddy. On va jouer au jardin.

– Ne vous salissez pas avant de passer à table, avertit sa mère.

En voyant s'éloigner son fils et son nouvel ami, elle ne put retenir une larme. Eddy semblait si heureux de n'être plus seul…

Elle avait vraiment bien fait de lui offrir Charly, malgré les réticences de son mari. Un garçon de douze ans ne devait pas demeurer solitaire. D'ailleurs, le médecin scolaire était du même avis. C'est lui qui avait conseillé d'offrir un ami-jouet à Eddy pour l'habituer à la fréquentation d'autres enfants, après avoir remarqué qu'il s'isolait pendant les activités de groupe, au collège ; les camarades d'Eddy ne semblaient guère l'apprécier, ils ne cherchaient pas à établir le contact avec lui. Un ami-jouet comblerait ce déficit de communication et constituerait une excellente thérapie, avait jugé l'homme de l'art.

Eh bien, songea la mère d'Eddy en percevant depuis la cuisine les cris de joie de son rejeton, voilà qui donnait raison au toubib !

– C'est tout ce qu'il leur restait ? demanda le père d'Eddy en toisant Charly. Il a l'air bizarre, non ?

– Il a déjà mangé sa gamelle, expliqua Eddy, alors je l'ai mis en mode éco.

– C'est quoi, ces marques sur sa joue et son front ?

– Oh, ça ? On a fait les fous, dehors, tout à l'heure… Je suis si content d'avoir Charly, p'pa !

– Et nous aussi, n'est-ce pas, mon amour ? fit la mère d'Eddy en déposant le rôti au milieu de la table.

– Ouais, admit son mari du bout des lèvres. J'espère au moins qu'il a une bonne garantie.

La mère d'Eddy fronça les sourcils et se hâta de changer de conversation.

– Si tu nous racontais ta journée au bureau ? Tu as toujours des anecdotes amusantes…

Avant de se coucher, ce soir-là, Eddy prit soin d'établir un règlement précis, afin que les choses soient le plus claires possible.

– Écoute attentivement, dit-il. Tu n'as pas le droit de grimper dans mon lit. Et je ne veux pas que tu fasses du bruit pendant que je dors. Tu peux t'allonger sur cette couverture, là, par terre. Compris ?

Charly entrouvrit la bouche mais se contenta d'acquiescer en hochant la tête. Eddy avait en effet activé le mode « silencieux » sur la télécommande, pour éviter toute contestation – et empêcher que de nouveaux cris alertent ses parents, dont la chambre se trouvait au bout du couloir.

Tout à l'heure, dans le jardin, il avait bien cru que sa mère allait débarquer, furax, quand cet imbécile de Charly s'était mis à piailler.

Quelle chochotte, aussi ! Il n'avait pourtant pas l'air fragile, avec ses bourrelets. Eddy avait naturellement souhaité tester ses capacités de résistance. Rien de plus normal avec un nouveau jouet. Pour cela, il avait d'abord utilisé une branche morte, puis, quand cette dernière s'était rompue, le manche d'une bêche trouvée dans la cabane à outils. Les hurlements de Charly l'avaient empêché de poursuivre ses expériences.

Mais ce n'était que partie remise. Ils auraient tout le temps de s'amuser demain après les cours et avant que les parents d'Eddy ne reviennent du travail. Ils seraient seuls, tous les deux, sans aucun adulte pour imposer sa loi.

Chaque minute semblait durer une heure. Le blabla des profs rentrait par une oreille d'Eddy pour aussitôt ressortir par l'autre. Jamais une journée de cours ne lui avait paru aussi mortelle. Cela faisait longtemps qu'il n'avait pas été si excité à l'idée de regagner ses pénates. À tel point qu'il n'avait même pas remarqué l'absence de ce crétin d'Arthur, pourtant un des pires cancres de la classe, qui en comptait un certain nombre – l'incluant, lui, Eddy.

Il y prit seulement garde quand M. Ravier, le prof d'histoire-géo, leur lut un communiqué de la direction du collège, l'air embarrassé :

– Arthur a quitté notre classe. Ses résultats aux derniers examens sont passés en dessous de la note minimum requise pour la poursuite d'études dans notre établissement. Conformément aux nouvelles directives du ministère de l'Éducation et de la Famille, Arthur a été soustrait à l'autorité parentale pour rejoindre le programme de réhabilitation sociale du gouvernement. Bien, à présent, reprenons le cours. Qui peut me dire le nom du chancelier allemand à l'origine de la Seconde Guerre mondiale ? Allez, un petit effort ! Je vous donne un indice : ça commence par un H… Hi… Hit… ?

Eddy se désintéressa aussitôt de ce que racontait Ravier – franchement, à quoi bon se farcir le crâne avec toutes ces vieilleries ?

Il scruta la place laissée vacante par Arthur, près du radiateur, au fond de la salle.

Bon débarras !

Arthur n'était pas le premier à dégager en cours d'année, comme en témoignaient les chaises vides dispersées çà et là.

C'était vraiment un collège de nazes, songea Eddy avec dédain. Il avait eu raison de se tenir à l'écart, d'ignorer les marques de sympathie des uns et des autres. On lui fichait une paix royale, et tant pis s'il passait pour le gars un peu tordu de la classe.

Bien sûr, la solitude lui pesait parfois. Dans ces moments-là, il perdait facilement le contrôle et avait besoin de se défouler sur quelque chose.

Il avait Charly, à présent, pour cela.

Vivement la fin des cours !

– Tu vas pouvoir gueuler autant que tu veux, personne ne t'entendra, prévint Eddy. M'man et p'pa ne seront pas à la maison avant au moins deux heures. On a tout le temps de s'amuser, toi et moi.

Charly opina, un sourire figé aux lèvres.

– J'ai envie de m'amuser avec toi, assura-t-il d'un ton neutre.

Eddy savait qu'il ne faisait qu'obéir aux instructions de sa programmation. Comme tous les amis-jouets, il était conçu pour se montrer dévoué et accepter les caprices de son petit maître. La notice précisait même qu'il était doué de vertus thérapeutiques, agréées par une flopée de ministères, de la Santé jusqu'à l'Éducation et la Famille.

Puisque tout était légal, Eddy n'allait pas bouder son plaisir.

– Je suis passé par l'atelier de p'pa, dit-il en déposant la lourde boîte à outils à ses pieds. Voyons un peu ce qu'il y a là-dedans.

Une perle de sueur dévala la tempe de Charly quand il découvrit la grosse tenaille et le marteau de charpentier sélectionnés par Eddy.

– C'est vraiment bien imité, s'émerveilla ce dernier. On dirait que tu as les chocottes pour de bon. Surtout, ne bouge pas ! Je suis curieux de voir ce que tu caches dans cette caboche…

– Je crois que j'ai fait une bêtise, p'pa, avoua Eddy, penaud, ce soir-là, alors que la petite famille venait de passer à table.

– Quoi, encore ? soupira son père. Où est passé Charly, d'abord ?

– Ben, justement… Je crois qu'il est cassé.

– Cassé ? Comment ça ?

– J'ai trouvé ce machin dans sa tête.

Eddy déposa la puce électronique sur la table. Il avait pris soin de l'essuyer et de la débarrasser de la moindre goutte de sang.

– Tu savais que Charly était fait comme nous à l'intérieur ? reprit-il, sincèrement étonné. J'ai vérifié dans mon bouquin d'anatomie. C'est tout pareil ! Sauf ce bidule.

– Oh mon Dieu ! s'exclama alors la mère d'Eddy, plongeant la tête entre ses paumes.

Ignorant les geignements de son épouse, le père d'Eddy coula un drôle de regard sur son fils, où se lisaient autant la peur que la pitié.

– Ils doivent déjà être au courant, lui dit-il. Je suis navré, mais je ne pourrai pas les empêcher de t'emmener, *cette fois.*

Il avait à peine fini de parler qu'une première sirène fit entendre son hurlement glaçant, au coin de la rue. Une deuxième se joignit au concert, et, une poignée de secondes plus tard, la porte d'entrée vola en éclats.

Trois costauds en uniforme se précipitèrent dans la salle à manger, armes aux poings, tandis que d'autres fouillaient la maison. Ils ne furent pas longs à découvrir Charly, ou plutôt ce qu'il en restait, dans le placard où Eddy avait dissimulé sa carcasse inanimée.

Au terme d'une brève discussion avec ses parents, les hommes en uniforme attrapèrent Eddy par les épaules et l'immobilisèrent sur sa chaise. L'un d'eux brandit un pistolet à seringue et l'approcha du cou du garçon.

– C'est le moment de faire tes adieux à ta famille, glissa-t-il à l'oreille d'Eddy.

Puis il appuya sur la queue de détente. Le pistolet émit un SCHLOP à peine audible. Un liquide glacé se répandit dans les veines d'Eddy, qui se mit à cligner des paupières.

Avant de sombrer, il eut encore le temps d'apercevoir son père, occupé à consoler sa mère, et de l'entendre prononcer ces mots :

– Arrangez-vous pour qu'il ne puisse plus recommencer, jamais !

Une odeur répugnante régnait dans la pièce sombre où Eddy avait repris conscience. Il rampa sur un lit de copeaux et de paille souillée, en proie à une indicible angoisse.

Où l'avait-on emmené ? Pourquoi le retenait-on prisonnier ? S'il avait commis un délit en détruisant l'ami-jouet, alors qu'on le juge et qu'on lui fasse payer une amende, ou bien qu'on le condamne à des travaux d'intérêt général, mais pas ça…

À force de tâtonner, sa main frôla quelque chose de tiède et mou, qui se mit à bouger.

Eddy laissa échapper un cri.

– Ferme-la, souffla alors une petite voix. Si tu gueules, ils ne nous donneront plus rien à manger. Et la bouffe est ce qu'il y a de plus sympa, ici. On se gave tellement qu'on engraisse.

Cette voix… Eddy était certain de l'avoir déjà entendue. Il dut fournir un terrible effort de concentration pour se rappeler où et quand.

– Arthur ? C'est toi ?

– Ouais. Comment as-tu deviné ? Oh, minute, ça me revient. Tu es ce barjot du bahut ! Édouard ou Edmond…

– Eddy, corrigea celui-ci en réprimant un sanglot. Pourquoi je suis ici, Arthur ?

– Tu as dû déconner au collège, comme moi. Ou alors faire un truc plus dingue que d'habitude. En tout cas, ils t'avaient dans le collimateur.

– Qui ?

– Le ministère de l'Éducation et de la Famille, les profs, le toubib scolaire, peut-être même tes parents. Avec ces nouvelles lois, ils sont tous de mèche !

– Que… Que va-t-il nous arriver ?

– Je n'en ai pas la moindre idée, mais je sais déjà qu'on ne va pas aimer du tout.

Arthur ne se trompait pas. Des hommes en uniforme vinrent le chercher quelques jours plus tard – difficile de savoir combien, au juste. Eddy ne le revit plus jamais. Il savait que son tour viendrait bientôt. En désespoir de cause, il se soumit au gavage imposé par ses geôliers. La nourriture était vraiment bonne, et riche. Faute d'exercice, Eddy ne tarda pas à prendre du poids. Il était bien enrobé quand les hommes en uniforme l'arrachèrent à sa cellule.

On le traîna à travers des couloirs immaculés, éclairés au néon. Puis on le fit pénétrer dans une vaste salle qui sentait l'alcool et les produits pharmaceutiques. Enfin, on l'installa dans une espèce de fauteuil de dentiste et on lui attacha chevilles et poignets.

Un médecin apparut et Eddy reconnut le toubib du collège, celui-là même qui avait conseillé à ses parents l'achat d'un ami-jouet.

– Ah, Eddy, soupira-t-il, je suis désolé de te voir ici. Je pensais vraiment que tu parviendrais à réfréner tes pulsions sanguinaires. Mais ton cas me semble désespéré.

Il ouvrit un dossier débordant de paperasse, le consulta brièvement en secouant la tête.

– Tss tss. Attitude antisociale constatée dès la crèche, crises de rage en maternelle, propension à la violence en primaire… On peut dire que tes parents en ont bavé avec toi. Je comprends leur décision de te confier à notre programme de réhabilitation.

– Quel programme ? s'alarma Eddy.

– Celui que nous avons mis au point pour les cas extrêmes, comme le tien.

Tout en parlant, le médecin extirpa d'un tiroir une mince plaquette couverte de circuits imprimés d'une incroyable complexité, pareille à un bijou précieux. Eddy avait déjà vu ce genre de puce électronique.

Sous la boîte crânienne de Charly.

Une grimace de pure terreur déforma ses traits admirablement potelés quand le toubib s'empara d'un laser de chirurgie.

– Je vois que tu sais ce qui t'attend, mon garçon. Rassure-toi, ça ne fait pas mal. Enfin, un peu au début, mais par la suite tu ne sentiras plus rien. La puce inhibitrice va prendre le contrôle de tes émotions. Tu ne représenteras plus aucun danger, ni pour toi-même ni pour personne. Et avec ta nouvelle apparence, tu ne pourras qu'inspirer de bons sentiments à ton futur propriétaire. Le médecin ajouta, après une brève hésitation : à moins qu'il ait un dossier aussi lourd que le tien, bien sûr !

– Quelles bonnes joues ! Comme il est trognon ! C'est lui que je veux, maman.

La fillette observait l'ami-jouet accroupi derrière les barreaux de sa cage en trépignant de joie.

Un vendeur, identifiable au badge épinglé au revers de sa veste, fit alors son apparition.

– Excellent choix, jeune demoiselle. Cet article te donnera entière satisfaction, j'en suis persuadé. Il sort tout juste de nos ateliers et bénéficie de la certification gouvernementale. Il sera un parfait compagnon de jeu, tout à fait l'ami qu'il te faut !

NIGUEDOUILLE

Gudule

Niguedouille, tout le monde l'appelait comme ça. Et aussi Niaise, Nigaude, Nunuche. Certains disaient même Débilette ou Gogolina, les plus méchants. Mais elle ne leur en voulait pas : ils ne connaissaient pas l'avenir. Ils ne pouvaient pas savoir ce qui allait arriver. C'était tellement imprévisible…

Faut dire, le monde où elle vivait ne lui convenait pas. Elle s'y dépatouillait comme un cheveu dans la soupe. Quand on ne sait ni lire ni écrire, difficile de s'adapter à l'ère de l'informatique ! Elle, tout ce qu'elle était capable de faire, c'était bayer aux corneilles, jouer avec les chiens et regarder le soleil se coucher derrière les collines. Ou bien dormir dans l'herbe, le nez au milieu des pâquerettes, avec les fourmis qui lui exploraient les narines. Alors, elle éternuait et les fourmis n'aimaient pas ça.

Des gens comme elle, il n'y en avait pas beaucoup. On peut même dire qu'elle était unique en son genre. Les autorités médicales appliquant à la lettre les lois sur l'euthanasie des nouveau-nés victimes de malfaçon, tout le monde était beau, intelligent et en bonne santé. Par un heureux hasard, Niguedouille était passée entre les mailles du filet. La sage-femme de garde la nuit de sa naissance, débordée par un trop grand nombre d'accouchements, avait négligé les tests de QI, pourtant obligatoires. Une faute professionnelle dont l'univers allait, un jour, lui être reconnaissant.

Bref, la fillette avait survécu. Mais, réfractaire à tout enseignement – et malgré une touchante bonne volonté !–, elle n'avait jamais su utiliser l'Assistance mémorielle. Et ça, c'était la honte suprême.

Pas d'Assistance mémorielle ? Il y avait vraiment de quoi rigoler, et ceux qui la rencontraient ne s'en privaient pas. Ils prenaient d'abord un air incrédule, pensant qu'elle leur faisait une blague. Puis, enfin convaincus, s'esclaffaient. En avait-elle vu pouffer, se tordre, hurler de rire ! « Niguedouille ! Niaise ! Nigaude ! Nunuche ! » À chaque fois, elle avait droit au même refrain. Quand ce n'était pas Débilette ou Gogolina !

Pas d'Assistance mémorielle… autant dire qu'elle se promenait toute nue sur la banquise !

L'Assistance mémorielle… Je vais essayer de vous expliquer de quoi il s'agit, vous qui n'avez pas connu ce temps-là. Imaginez un mini-ordinateur, de la taille d'une boîte d'allumettes, que l'on portait sur soi vingt-quatre heures sur vingt-quatre. Une prothèse dont les enfants étaient pourvus dès leur plus jeune âge, et qu'ils conservaient précieusement jusqu'à la fin de leurs jours. Dans cette merveille technologique, dotée d'une mémoire quasi illimitée, s'engrangeaient tous leurs souvenirs. Chaque parole, chaque image, chaque son, chaque émotion y étaient fidèlement enregistrés, classés, répertoriés. Les rêves eux-mêmes restaient gravés de manière indélébile dans les circuits de l'appareil. Dès lors, il suffisait à l'utilisateur de pianoter sur le clavier pour avoir accès aux événements les plus lointains de sa vie, sans effort et sans risque d'erreur.

On réalise sans peine les fabuleuses applications d'un tel outil ! Adieu les trous de mémoire, les interprétations hasardeuses du passé, les oublis volontaires, les amnésies diplomatiques. Qu'il s'agisse d'un nom, d'un numéro de téléphone, d'une date anniversaire ou d'une information de portée internationale, tout était sauvegardé dans son intégralité.

Les secteurs d'activité tirant profit de cette découverte étaient légion, bien entendu.

Dans le domaine des études, d'abord. La quantité de savoir possédée par chaque individu étant multipliée par cent, par mille, voire par des millions, son approche de la connaissance s'en trouvait d'autant accélérée. Par voie de conséquence, la recherche, propulsée par des éléments d'élite, fit des progrès spectaculaires. Parallèlement, dans l'intimité des foyers, un autre enseignement se transmettait, et non des moindres. Dès que les enfants avaient atteint l'âge de raison, parents et grands-parents leur donnaient accès aux banques de données familiales, afin de leur léguer au plus tôt le fruit de leur expérience. Soixante, soixante-dix, quatre-vingts ans d'existences à l'état brut, quel formidable héritage ! Quant aux vieillards mourant sans descendance, il était de bon ton qu'ils fissent don de leur ordinateur à la science. Les coffres des instituts de toutes sortes regorgeaient de réminiscences à la valeur souvent inestimable.

L'Assistance mémorielle avait également renforcé les pouvoirs institutionnels. À commencer par la justice. Celle-ci s'arrogeant le droit, dans certains cas graves déterminés par le code pénal, de questionner directement l'ordinateur des suspects, plus d'erreurs judiciaires dues aux faux témoignages, mais des aveux limpides et circonstanciés, une collaboration sans faille. Quant à la police, l'embauche de quelques informaticiens peu scrupuleux la rendait apte à court-circuiter n'importe quel trafic illicite, n'importe quel réseau de malfaiteurs, et à démembrer jusqu'aux ramifications les plus secrètes de la mafia. Ceci – est-il utile de le préciser ? – sans déliage de langue, interrogatoires musclés ni passages à tabac !

Comme la justice, comme la recherche, la sécurité vivait son âge d'or.

Tout le monde bénissait l'Assistance mémorielle, en louait les effets bénéfiques, et se demandait comment l'humanité avait pu s'en passer si longtemps.

Tout le monde... sauf Niguedouille. Niguedouille la niaise, la nigaude, la nunuche, incapable d'utiliser un clavier et de déchiffrer une phrase sur un écran. Niguedouille qui ne savait que bayer aux corneilles, jouer avec les chiens et regarder le soleil se coucher derrière les collines.

Eh bien... tout le monde avait tort !

Il faisait chaud, ce soir-là. L'été battait son plein. Niguedouille avait barboté tout le jour dans la rivière, s'amusant à poursuivre les poissons d'argent qui frétillaient entre les algues, les grenouilles dodues et les libellules. Le soleil déclinant miroitait dans l'eau, semant une écume de cuivre à la crête des vaguelettes. Soudain, le ciel s'est couvert. Il a fait nuit d'un seul coup, et le vent s'est mis à gronder.

La rivière, subitement obscurcie, ressemblait à un gouffre d'encre. Plus de poissons, plus de rainettes, plus de demoiselles aux ailes de tulle, mais une pénombre de fin du monde.

À l'horizon s'avançait LE TYPHON.

C'était un monstre noir, une colonne vivante où tournoyaient des arbres arrachés, des cadavres de bêtes, des poteaux électriques. Une horrible toupie géante aspirant tout sur son passage, secouant les montagnes, détruisant les maisons, arrachant les véhicules au sol, soufflant les immeubles comme des châteaux de cartes. Un tourbillon d'apocalypse.

Épouvantée, Niguedouille s'est jetée à plat ventre par terre, la tête dans un terrier de lapin, et elle a fait la morte. Autour d'elle, la tornade se déchaînait, menaçant à chaque instant soit de l'écraser sous un amas de pierres, soit de la propulser dans les airs. Soit de la noyer, car la rivière s'était mise de la partie, et des trombes d'eau en jaillissaient avec un bruit de tonnerre.

Durant des heures et des heures, l'haleine glacée de l'ouragan a balayé le paysage. Et, phénomène encore plus étrange, l'air, chargé d'électricité, grésillait. Des éclairs striaient l'atmosphère, des milliers de langues de feu titillaient la surface des choses. La nature n'était plus qu'un vaste fourmillement d'étincelles, un nid de vers luisants, de mille-pattes phosphorescents, d'araignées de lumière. Un gigantesque tohu-bohu magnétique.

À force d'avoir peur, Niguedouille a fini par s'endormir, la tête enfouie dans l'ombre bienfaisante du terrier.

Quand elle s'est réveillée, le calme était revenu. Elle a regardé autour d'elle mais n'a rien reconnu. En lieu et place du riant paysage s'étendait une immense décharge. La tempête avait tout dévasté, ne laissant pas un arbre debout, décimant les troupeaux, éparpillant les roches et les rochers, carbonisant les forêts, changeant les prés, jadis verdoyants, en plaines crevassées. Dans le lit asséché de la rivière, un abîme s'était ouvert, dont on ne voyait pas le fond.

Alors Niguedouille, tournant le dos à cette campagne hostile, est descendue en ville. Le spectacle était encore pire.

Parmi les décombres, les gens rôdaient, hagards. Des zombies, des somnambules aux yeux vides titubant dans ce qui restait des rues, les uns derrière les autres, se croisant, passant et repassant sans échanger un mot.

Niguedouille a tout de suite vu que quelque chose clochait. Lors d'une catastrophe, les secours s'organisent, d'ordinaire. Tout est mis en place pour porter assistance aux blessés, déblayer les gravats, reconstruire. Une activité de ruche règne au sein des ruines. Or, ici, rien de semblable. Ni pompiers, ni médecins, ni ambulances, ni flics en pleine action. Juste une errance atone de lobotomisés.

– Qu'avez-vous ? Pourquoi êtes-vous si bizarres ? demandait Niguedouille à la ronde.

– Qui sommes-nous, d'où venons-nous, où allons-nous ? lui répondaient les zombies.

Alors Niguedouille a compris. Et ça l'a glacée d'horreur.

Le typhon n'était rien à côté de son affreuse conséquence : tous les ordinateurs étaient tombés en panne. L'orage avait démagnétisé les Assistances mémorielles, gommant les souvenirs de la population. Faisant d'une civilisation en plein essor un désert peuplé d'amnésiques.

La mémoire est comme un muscle. Si on ne l'utilise pas, elle s'atrophie. Celle des zombies, remplacée depuis trop longtemps par les circuits informatiques de leur prothèse, n'était plus qu'un pauvre petit lobe de cerveau racorni, une sorte de croûton sec totalement inopérant. Celle de Niguedouille, par contre, élastique, vigoureuse, nourrie par les fleurs, les abeilles, les mimiques des chiens et la douceur des couchers de soleil, fonctionnait à merveille.

C'est ainsi que Niguedouille est devenue la mémoire du monde. LA SEULE ET UNIQUE MÉMOIRE DU MONDE.

Alors, depuis, pensez si on l'aime !

Elle est vieille, maintenant. Elle trône, dans son grand fauteuil d'osier, et les enfants font cercle autour d'elle. Tous les enfants de la Terre. Ils écoutent, sans un bruit, sans un mot, sans un clignement de paupières. Ils écoutent et Niguedouille raconte.

Depuis cinquante ans, Niguedouille raconte. Elle décrit les fleurs, les oiseaux, les rivières. Le zéphyr dans les branches, quand descend le soir. Les chiens, assis sur leur derrière, qui penchent la tête de côté d'un petit air benêt pour réclamer une caresse. Les fourmis qui chatouillent les narines et font éternuer. Les couchers de soleil derrière les collines. C'est tout ce qu'elle connaît, mais elle en parle si bien ! Et peu à peu, la mémoire des enfants se remplit. Les pinsons y gazouillent, les vaguelettes y clapotent, les fleurs y répandent leur parfum. Les chiens, la truffe frémissante, y jappent de bonheur.

Et les guerres, direz-vous ? La pollution, la course aux armements, les essais atomiques ? La rentabilité, l'expansion économique, les abus de pouvoir, la politique ? La dette du tiers-monde ? Les élections, les dictatures, les bavures, les attentats ? La vivisection, l'audimat, les sondages ?

Quand on s'appelle Niguedouille, qu'on est nigaude, niaise, nunuche, on ne retient pas ces choses-là !

L'EXPÉRIENCE

Jean-Noël Blanc

Je les guette. Ils ne m'auront pas.

J'attends.

Ils approchent. Leurs pas sur le béton. De gros souliers. Des rangers. Le cliquetis de leurs armes. Fusils d'assaut. Trois hommes armés. Entraînés au combat. Comme si cela suffisait pour m'attraper. Naïfs.

Je suis dans l'ombre. Là où jamais ils ne chercheront.

Ils sont tout près. S'arrêtent. Touchent la poignée de la porte métallique. Ils savent que je ne peux pas être ailleurs que dans ce réduit au fond de la cave, et ils sont sûrs d'y achever enfin leur traque. Ils vont forcer la porte d'un seul coup et arroser partout à hauteur d'homme. Ensuite seulement ils ouvriront les yeux.

Je ne bouge pas. Je ne respire plus.

Ils ont agi exactement comme je le prévoyais. La porte ouverte à la volée, les rafales aveugles, le vacarme épouvantable dans cet espace clos, puis le silence.

C'est alors que j'ai lâché les tuyaux auxquels je m'accrochais par les mains et les pieds, au plafond, et que je suis tombé sur eux.

Ils ne faisaient pas le poids. Je pèse 230 kilos, et la surprise jouait en ma faveur.

Quand je les ai vus étendus devant moi, j'ai pensé qu'avec ces trois-là qui s'ajoutaient à la liste, j'avais à présent une vingtaine de morts sur la conscience. Mais comment agir autrement puisqu'ils me poursuivent depuis des semaines pour me tuer ?

Ce n'est pas ma faute si elle n'a pas fonctionné comme ils le voulaient, leur expérience de greffer un cerveau d'homme sur un corps de gorille.

Table des matières

Toutes les nouvelles de ce recueil ont été publiées aux éditions Thierry Magnier dans la collection « Nouvelles ».

« Rien à cacher », Patrice Favaro
dans *Empreinte digitale*, 2016.
p. 5

« Une histoire de peau », Jeanne Benameur
dans *Une histoire de peau*, 2012.
p. 33

« Le bâtard de l'espace », Colin Thibert
dans *Le bâtard de l'espace*, 2009.
p. 59

« Les remplaçants », Johan Héliot
dans *Tu veux savoir ?*, 2013.
p. 79

« Alter ego », Colin Thibert
dans *Le bâtard de l'espace*, 2009.
p. 99

« L'ami qu'il te faut », Johan Héliot
dans *Tu veux savoir ?*, 2013.
p. 115

« Niguedouille », Gudule
dans *Le chant des lunes*, 2008.
p. 133

« L'expérience », Jean-Noël Blanc
dans *Couper court*, 2007.
p. 145

Découvrez dans
la même collection

DIRE L'AMOUR

ISBN 979-10-352-0221-7

10 nouvelles sur le sentiment amoureux

Derniers titres parus

***Keep Hope*, Nathalie Bernard et Frédéric Portalet**

Depuis le réveil, Valérie sentait que cette journée n'aurait pas la même saveur que les autres, sans vraiment savoir pourquoi. Il faisait beau et, comme chaque matin, elle s'affairait dans son potager, enlevait les mauvaises herbes, remuait la terre au pied des plants de tomates, arrachait les gourmands et les tiges secondaires. Elle aimait bien ces gestes répétitifs qu'elle avait intégrés dans ses rituels quotidiens.

Salvateurs.

Du haut de son échelle, Sénèque la regardait. Elle n'avait jamais voulu de chat, ni aucun autre animal. Sa vie passée ne lui avait même pas laissé le temps de s'occuper des humains qui partageaient son quotidien... Cependant, son existence avait radicalement changé et ce grand siamois, aux yeux bleu topaze, s'était incrusté chez elle sans vraiment lui demander son avis. La première fois, il s'était approché craintivement. On lui voyait les côtes. Elle lui avait tendu une coupelle de lait qu'il s'était empressé de laper. Il était revenu le lendemain et les jours d'après.

Désormais, il était son colocataire.

(Extrait du chapitre 1)

***Viré au vert*, Arnar Már Arngrímsson**
traduit de l'islandais par Jean-Christophe Salaün

Sölvi crut d'abord à une plaisanterie, mais le visage sévère de sa mère ne laissait aucun doute.

– T'as vraiment l'intention de me confisquer MON téléphone ?! Dans quel monde tu vis ? Tu comptes m'envoyer à

Aspen sans téléphone ? C'est une blague ? Le scénario d'un film, peut-être, un truc de prévention ?

Mais non, cela n'avait rien d'une plaisanterie.

– C'est toi qui l'as voulu, Sölvi, toi qui as décidé d'arrêter de travailler à l'école, d'aller vers les autres, de nous parler. Est-ce la faute du portable ou de l'ordinateur ? Je l'ignore, mais il est certain que ça n'aide pas. Tu as bien prouvé que tu étais incapable de te contrôler, alors nous allons tenter cette expérience.

– T'es idiote ou quoi ? Tu ne comprends donc pas ?

Maintenant, je ne suis plus rien et je… je… plus personne ne saura que j'existe ! Pauvre conne !

Elle s'était précipitée sur lui et l'avait attrapé par le col, on ne parle pas comme ça à sa mère !

(Extrait du chapitre 1)

La fosse au loup, Alexandre Chardin

« – Je suis contente que tu sois venue.

Ma sœur ne détache pas son regard du téléphone portable qu'elle tient depuis plus d'une heure. Elle ronge ses ongles par intermittence.

– Si je suis là, c'est à cause de toi, dit-elle.

– Moi non plus je ne voulais pas…

Elle me foudroie du regard.

– Qu'est-ce qu'on en a à foutre de lui ? Il est parti depuis six ans à l'autre bout du pays. On sait même pas…

– Cinq.

– On s'en tape ! Il disparaît sans donner de nouvelles et c'est à nous d'aller le voir ! N'importe quoi !

– Il va mal.

Elle rit méchamment. Regard tranchant.

– Tu l'as déjà vu aller bien, toi ?

Des gens l'observent, sourcils froncés. Elle baisse le ton :

– Je m'en fous, Blanche ! Il a voulu sortir de notre vie. Ça me va ! Ciao !

– Tu le détestes.

– Non, je m'en fous !

Elle recommence à pianoter sur son portable.

– Deux jours, Blanche ! »

(Extrait du chapitre 1)

Foot et radeaux à gogo, Maria Parr
Traduit du néo-norvégien par Aude Pasquier

« Notre porte d'entrée a claqué, faisant trembler toute la maison, et un vacarme effarant et des cris n'ont pas tardé à suivre.

– Mille morues !

Perplexe, je suis sorti dans le couloir de l'étage. Le reste de la famille s'y tenait déjà, têtes déconcertées toutes décoiffées par la nuit. Papa avait l'air de ne même pas savoir s'il était homme ou couette.

– Bang ! s'est exclamée Krølla.

– Qu'est-ce que c'était que ça ? a demandé Magnus, mon grand frère.

Ma mère a répondu :

– Soit c'est une catastrophe naturelle, soit Lena Lid est rentrée de vacances.

Ce n'était pas une catastrophe naturelle. Quand je suis arrivé en bas de l'escalier, j'ai trouvé Lena, ma chère amie et voisine, dans l'entrée. »

(Extrait du chapitre 1)

***Poilus, 10 récits d'animaux pendant la Grande Guerre*, Collectif**

« La première fois qu'elle a bêlé, je n'ai pas fait attention. C'est Domergue, notre oreille musicale, qui a levé le petit doigt.

– Hé, les bonshommes, vous avez entendu ?

– Quoi ?

– Bêêêêêh…

On a tous posé nos occupations. On s'est redressés.

– J'ai entendu une chèvre, il a dit.

– C'est peut-être un Allemand qui joue du violon, a rigolé Lemoine.

– Ta sœur qui te cherche ? a suggéré Warlinge.

– Fermez-la, a dit Richard.

On s'est tus. On entendait bien les mouches, un camion qui soulevait de la poussière au loin et des Allemands qui faisaient leur séance de chorale, mais de chèvre point. Et tout à coup :

– Bêêêh…

Aucun doute, ça venait du no man's land. Pas question de regarder parce que ici, à peine tu lèves le petit doigt au-dessus du parapet que t'en as plus. Mais quand même, j'ai tenté le coup, je suis monté à l'échelle et j'ai zieuté du ras de la tête. Au début, je n'ai rien vu d'autre que cet amas de tôles, de barbelés, de croisillons rouillés, d'arbres calcinés et autres éléments de décors qui agrémentent des scènes que je n'ai pas envie de décrire. Et puis, tache blanche dans la dévastation, à mi-chemin entre les frisés et nous : une jolie petite chèvre qui s'était pris les cornes dans les fils de fer. »

(Extrait de « La Chèvre de Monsieur Pétain », Hervé Giraud)

CET OUVRAGE A ÉTÉ ACHEVÉ D'IMPRIMER ENTRE DEUX ÉQUATIONS
POUR LE COMPTE DES ÉDITIONS THIERRY MAGNIER
PAR L'IMPRIMERIE FLOCH À MAYENNE
EN DÉCEMBRE 2018
DÉPÔT LÉGAL : JANVIER 2019
N° D'IMPRESSION : 93683
IMPRIMÉ EN FRANCE